ベリーズ文庫

愛が溢れた御曹司は、再会したママと娘を一生かけて幸せにする

田崎くるみ

STARTS
スターツ出版株式会社

目次

愛が溢れた御曹司は、再会したママと娘を一生かけて幸せにする

特別書き下ろし番外編

愛が溢れた御曹司は、
再会したママと娘を一生かけて幸せにする

プロローグ

初めて出会った日は、お互いの顔と名前しか知らなかった。

次に会った時に笑った顔を初めて見て、共通の趣味を持っていることが嬉しくなって、そこから交流が始まって……。

彼の言動に胸がときめき、些細《ささい》なやり取りから人となりを知って次第に惹かれていった。

今思えば、彼に片想いしていた頃が一番幸せだったのかもしれない。

「愛しているよ、萌《もえ》」

身体を重ねるたびに囁《ささや》かれた愛の言葉。私に触れる手は優しくて、遼生《りょうせい》さんに抱かれるたびに愛されていると実感することができた。

私の弱いところを攻め立てては、妖艶な表情で私を見下ろす姿にいつもドキドキさせられてばかりだった。

誰かを好きになったのも、手を繋いだのも、抱きしめてもらったのも、キスをしたのも、身体を重ねたのも全部遼生さんが初めて。

この先、長い人生が待っているとわかっていても彼以上に好きになれる人と出会える気がしない。

そう思っていたのは私だけだったんだ。

駆け落ち婚の行く末

彼との出会いを話すと、友達はみんな口を揃えて「素敵」「ロマンチック」「まるでドラマみたい」と言う。実際に私もそう思っていた。

幼い頃、母に劇団のミュージカルを見に連れていってもらってからというものの、どっぷりとはまってしまった。

中学生まではお小遣いを貯めて、それでも足りないから家の手伝いをしてチケットを購入しては頻繁に通った。

高校生から始めたアルバイトの給料は、周りがオシャレにお金をつぎ込む中、私はすべてチケット代に注いでいたほど。

それは大学生になってからも変わらなかった。大好きな英語をもっと学びたくて、英語学科を専攻。アルバイトは忙しい勉強の合間を縫って続けた。

時給もアップし、収入が増えた分、時々ご褒美《ほうび》として一万円以上する高い席で鑑賞した。

忘れもしない八月。日中の蒸し暑さが残る土曜日の夕方。私は始まったばかりの公演の一番いい席を予約していた。

なかなかチケットが取れず、二ヵ月間待ってやっと見ることが叶う。

一番いい席といっても、その中でも前列と後列があるけれど、今回はなんと真ん中の前から二列の席。

真正面の間近で見られるとあって、当日が楽しみでたまらなかった。

劇団の新作演目となれば、毎回満員御礼だ。

今日もすべての席が埋まっている。左隣は同い年の恋人同士らしく、終始イチャイチャしていて居心地が悪い。開演前だからなにをしても文句は言えないけれど、始まったらさすがに静かに鑑賞してくれるよね？

幸いなことに右隣の男性は私と同じおひとり様のようで助かった。

上演開始時刻となり、始まったミュージカル。未翻訳の原作を英文で読んでいたため、大まかなストーリーは知っているけれど、演者たちの演技が素晴らしくて見入ってしまう。

隣の恋人たちも静かに鑑賞してくれて、素敵な物語の中にどっぷりと浸っているようだ。そして、物語も終盤に差し掛かり、感動的な場面に目頭が熱くなる。

やばい、泣きそう。

一度泣いてしまうとなかなか止まらず、いつも目がパンパンに腫れてしまって帰る時に恥ずかしいのでどうにか涙をこらえながら鑑賞していると、ふと右隣から鼻を啜《すす》る音が聞こえてきた。

思わず見てしまうと、同い年か少し年上くらいの男性だろうか。均整の取れた美しい目からは涙が流れていた。

初めて見る男性の涙があまりに綺麗で、思わず息を呑む。

一筋の涙が頬を伝っているのに、彼は涙を拭うことなく舞台に釘付けだった。

この舞台はひとりの少年の成長物語。様々な困難にぶつかりながらも、たくさんの人と出会って成長していく姿が感動的に描かれている。

私もうるっときたけれど、彼ほどではない。きっと感受性がすごく豊かな人なのだろう。

とにかく集中しようと舞台に目を向けたものの、どうしても彼のことが気になってしまう。

少し経ってから再び隣を見ると、やはり涙を拭うことなく舞台に目を向けていた。

もしかしてハンカチを忘れたとか？　それとも拭うことも忘れるほど集中しているの？

なにはともあれ、隣であれほど涙を流している人に気づいてしまった以上、見て見ぬふりができない。

余計なお節介かもしれないけれど、やらずに後悔するよりやって後悔するほうがいい。そう思ってバッグの中からハンカチを手に取る。

「よかったら使ってください」

周囲に聞こえないほど小さな声で言いながら、そっと彼の顔の前に差し出した。

それにはさすがの彼も驚き、私を見る。

横顔から見ても整った顔立ちをしていると思っていたけれど、真正面から見るとますますそう思う。

髪は短めでセンター分けしているからか綺麗なアーモンドの形をした目がよく見える。整った凛々《りり》しい眉に筋の通った高い鼻、少し厚みのある唇をした彼は芸能人と言われても信じてしまうほどカッコいい。

勇気を振り絞って差し出したものの、あまりに彼がジッと私を見てくるものだから、ちょっぴり後悔しつつある。

いきなりハンカチを出した私を不審に思っている？　それとも余計なお節介だとお怒りだろうか。

マイナスなことばかりが頭に浮かぶ中、彼は「ありがとう」と言って私からハンカチを受け取った。

「あ……いいえ」

小声で答え、舞台に目を向けた。

もしかしたらお節介だと思われたかもしれないけれど、受け取ってもらえてよかった。

その後も感動的なシーンが続き、終演後は割れんばかりの拍手が沸《わ》き起こった。

終盤からラストにかけての圧巻の展開に、私もしばらくの間拍手をする手が止まらなかった。会場に明かりが灯り、少しずつ観客が席を立つ。

私も余韻《よいん》に浸りながら息を吐き、席を立って会場を後にする。そして劇場の入口を抜けようとした時、背後から声をかけられた。

「待ってください」

声をかけて私を引き止めたのは、ハンカチを渡した彼だった。

座っていた時は気づかなかったけれど、かなり身長が高い。一六〇センチの私が見上げるほどだから、恐らく一八五センチ近くはあるのではないだろうか。

ついジッと見つめていると、彼の瞳の色が黒ではなく薄焦げ茶色をしていることに気づいた。

「ハンカチ、ありがとうございました」

「いいえ、こちらこそ余計なお節介をしてしまい、すみませんでした」

「いや、まさかミュージカルを見て泣くとは思っていなかったから助かりました」

そう言ってはにかむ表情はどこか少年らしさがあり、ドキッとしてしまう。

「ハンカチ、洗って返したいので、よかったら連絡先を教えてくれませんか？」

「連絡先……ですか？」

「はい」

まさかこんな展開になるとは夢にも思わず、聞き返してしまった。

ミュージカルに夢中で恋愛もしたことがなく、男性とは挨拶を交わす程度しか話したことがない私には衝撃が強すぎて、どうすればいいのかわからず固まってしまう。

「決してやましい気持ちがあるわけではないです。ただ、本当に助かったからお礼もしたくて……。周りにミュージカルを好きな友人がいないから、少し話がしてみたいと思ったんです」

フリーズする私を見て迷惑に思っているいると勘違いされたのか、彼は申し訳なさそうに続けた。

「もちろん嫌なら断ってくれてかまいません」

「すみません、びっくりしちゃって。……嫌じゃありません、大丈夫です」

私もミュージカルの話をできる友達はおらず、毎回鑑賞した後には抑えきれない感想をSNSにアップして発散していた。

それを誰かと共有できたらといつも思っていたから、彼と話をしてみたい。その思いが強くなって返事をすると、ホッとした表情を見せた。

「よかった、ありがとうございます。じゃあさっそく連絡先を交換してもいいですか？」

「はい」

それから私たちは携帯で連絡先を交換し、別れ際に改めて自己紹介をした。

「碓氷《うすい》遼生さん……」

帰宅途中にさっそく数回メッセージでやり取りをした。

遼生さんは私より四つ年上の二十三歳で、社会人一年目の会社員だという。私も渥《あつ》美《み》萌と名乗り、年下と知ると彼は【萌ちゃんって呼んでいい？】と聞いてきた。

男性に〝萌ちゃん〟と呼ばれるのは親族以外では初めてで、それだけでドキドキしてしまう。

遼生さんとは、私のバイトがない翌週の金曜日の夜に会う約束をした。それまでの間は頻繁にメッセージのやり取りをして、お互いのことを教え合っていた。

そのおかげもあってか、次に会った時はすぐに緊張は解けて楽しく話をすることができた。

ハンカチのお礼と言って彼が予約してくれたのは、路地裏にある隠れ家的なフレンチレストランだった。どの料理も美味しくて自然と話が弾む。

「へぇ、じゃあ萌ちゃんは小さい頃から劇団のファンなんだ」

「はい！　お小遣いを貯めてよく見に行っていました」

「わかる、俺もそうだった。お小遣いが足りない時は親にねだったりしてさ」

「私もです」

共通の趣味であるミュージカルの話から始まり、なぜ遼生さんがあの日の舞台を見て涙を流したかも教えてくれた。

「ちょうど今、仕事のことで悩んでいてさ。主人公が妙に自分に重なっちゃって柄《がら》にもなく泣いてしまったんだ。でも泣いたおかげですっきりして、自分の進むべき道に覚悟を持つことができたよ」

「そうだったんですね」

この時は彼がどんな仕事に就いているのか、なにに迷っていたのかを深く聞くことはなかった。もし聞いていたとしたら、私の人生は大きく変わっていたかもしれない。

次にまた会う約束をして店を出ると、彼はバッグの中から綺麗にアイロンされた私のハンカチと小さな箱を取り出した。

「これは？」

思わず遼生さんと差し出されたものを交互に見てしまう。

「この前はハンカチを貸してくれて本当にありがとう。これはちょっとしたお礼だから受け取って」

「お礼って、そんな……っ！　食事代だって出してもらったのに、さらにプレゼントまで受け取れません。お気持ちだけで充分です」

たくさんご馳走してもらったから、食事代はけっこうな金額だったはず。ハンカチ一枚のお礼にしては高すぎるほどだ。

しかし遼生さんは引かず、困ったように眉尻を下げた。

「受け取ってほしいんだ、これは萌ちゃんのために選んだんだから」

「……っ！　そんな言い方、ずるいです」

そう言われては、受け取らないわけにはいかなくなる。

「ずるくてけっこう。気に入ってくれたら嬉しい」

私のために選んでくれた。その言葉が嬉しくて胸が熱くなる。

「ありがとうございます。……大切に使わせていただきますね」

遠慮がちになりながらも受け取って感謝の思いを伝えると、遼生さんは嬉しそうに目を細めた。

「ありがとう」

優しい笑顔に私の胸は高鳴り、なぜか苦しくなる。

「送るよ」

「は、はい。ありがとうございます」

先に歩き出した彼にワンテンポ遅れて歩みを進めると、遼生さんは私の歩幅に合わせてくれて、隣で肩を並べる。この何気ない優しさに私の胸は高鳴るばかりだった。

後日、友達に遼生さんと食べに行ったレストランの話をしたところ、すごく驚かれた。なんでもなかなか予約が取れないことで有名なレストランらしく、一番安いコース料理でも一万五千円はすると言う。

あの夜食べた料理は、どれも高級食材を使用していたことを考えると、かなりの金額だったはず。

それに遼生さんがプレゼントしてくれたハンカチは、花の刺繍が綺麗に施された素敵なものだった。手触りがよく、高価なものな気がする。いったいいくらしたのだろうか。

社会人一年目でも、高級レストランの食事代にブランドもののハンカチを買えるものなの？　無理させてしまったのでは？と心配にもなる。

しかしその後、趣味の合う友人として頻繁に会うようになってからは過剰《かじょう》に私に対してお金を使うことをしなかったため、次第に考えることがなくなっていった。

仕事が忙しい時期に入るとなかなか会えないこともあったけれど、時間が合えば私のバイト先まで迎えに来てくれて、休日は必ず私と会う時間を作ってくれた。

遼生さんと同じ時間を過ごすたびに、私は彼の人となりに惹かれ、いつしか恋愛感情を抱くようになった。

恋心は大きくなるばかりで、連絡がきただけで舞い上がり、会えたら幸せでいっぱいになる。遼生さんが初恋だけれど、彼以上に好きになれる人とはこの先一生出会えないのではないか、とまで思い始めた頃。

気づけば出会って一年という月日が経とうとしていた。

私たちが初めて出会った日からちょうど一年後、奇跡的にあの日と同じ演目が同じ劇場で開催されており、彼の提案で見に行くことになった。

何度見ても感動的で、この日は私も遼生さんとともに号泣してしまった。

「すごくよかったですね」

「あぁ、そうだな」

終演後、ホールから出る途中で話を振ったものの、彼からは歯切れの悪い答えが返ってきた。

さっきまで一緒に泣いていたのが嘘のよう。もしかして今日は忙しい中、無理して来てくれたのかな。

疲れている？　それともまだ仕事が残っているとか？

会話は途切れ、会場から出る。

そういえば一年前の今日、会場を出たところで遼生さんに呼び止められて、そこから私たちの関係が始まったんだよね。

そんな記念すべき日だからこそもう少し一緒にいたいけれど、今日はこのまま解散かもしれない。

すると遼生さんは外に出たところで足を止めて、急に私の手を握った。

「遼生さん？」

初めて触れた大きな手の温もりに、心臓は忙しなく動き始める。

どうしたらいいのかわからず彼を見上げると、いつになく真剣な表情で私を見つめていた。

「一年前の今日、ここでキミと出会えたことは運命だと思うんだ」

ロマンチックな言葉を紡《つむ》ぎながら彼は続けた。

「初めは見ず知らずの俺にハンカチを貸してくれた萌ちゃんが気になるだけだった。でも会って話をするたびに笑顔が可愛いところ、優しくて思いやりがあるところ、なにより一緒にいると楽しくていつも笑っていられる。そんなキミを好きにならないほうが難しい」

「――え」

遼生さん、今、私のことを好きにならないほうが難しいって言った？

たしかにこの耳で聞いたはずなのに、夢のような言葉で現実感が湧かない。

「好きなんだ。……キミ以上に好きになれる人とこの先、出会う自信がない。だからどうしても今日、萌ちゃんと出会ったこの場所で伝えたかった」

そう言うと遼生さんは繋いでいた手をさらに強く握った。

「今まで言えずにいたけど、俺の父親は碓氷不動産《うすいふどうさん》の社長で、俺は後継者なんだ。今は父のもとで経営者としてのノウハウを学んでいる」

碓氷不動産は、恐らく大半の人が知っている大きな会社だ。

不動産全般はもちろん、開発・分譲もおこなう世界的にも有名な大企業である。都市開発、基盤整備、住宅等の施設建設、賃貸まで請け負っている。

そんな会社の社長の息子で、彼が後継者？

突然の話に頭が追いつかない。でもそれを聞いて出会ったばかりの頃に連れていってもらったレストランや、プレゼントしてもらった高そうなハンカチにも納得がいく。

彼はただの会社員じゃない、御曹司だったからなんだ。

「それとすべてを知っていてほしいから言うけど、俺には幼い頃に決められた許嫁がいる。もちろん俺は同意していないし、両親にも心から愛する人と結婚すると伝えてあるから安心してほしい」

許嫁……。そう、だよね。大きな会社の御曹司だもの、許嫁がいてもおかしくないのかもしれない。

頭ではそう理解できるのに、心が追いつかない。いくら彼は拒否していても許嫁がいたなんて……。

驚きとショックを隠せずにいると遼生さんは「びっくりしたよな」と、ためらいがちに言った。

「黙っていて悪かった。……でも俺が結婚したいのはキミだけだ。碓氷不動産の息子としてではなく、碓氷遼生というひとりの男として俺を見てほしいと思ったのもキミだけ。萌ちゃんの前でだけは、ありのままの自分でいたい、そんな俺を好きになってほしかった」

「遼生さん……」

正直、遼生さんが碓氷不動産の跡取りだと知って戸惑いを隠せない。それに彼と私では不釣り合いだとも思う。

私の父親は商社に勤めるサラリーマンで、母は専業主婦のごく一般家庭だ。私だって突出して秀《ひい》でているものはないし、見た目だって普通の容姿をしている。

そんな私がこれからも隣にいてもいいのだろうか。いつか迷惑に思われる日がこない？

不安を募らせていると、急に遼生さんは私の手を離して跪《ひざまず》いた。

「難しいかもしれないけど、俺のことは今までと変わらず見てほしい。そのうえで返事を聞かせてくれ」

そう前置きをして、遼生さんはジャケットのポケットの中から小さな箱を取って私に差し出した。

「好きだ。この先の長い将来、キミ以外に好きになる女性はいない」

ストレートな愛の言葉に胸がギュッと締めつけられる。

「俺と一緒にいることで、嫌な思いをさせたり苦労をさせたりすることがあるかもしれない。でもなにがあっても俺が守って幸せにする。だからどんな困難も一緒に乗り越えてほしい。ふたりでならつらい日々だって幸せに変えられる自信があるんだ」

きっと遼生さんの言葉に嘘はないだろう。彼とこの先もずっと一緒にいるということは、それなりの覚悟が必要だということ。

ご両親が手放しに賛成してくれるとは思えないし、私の両親にだって反対される可能性もある。

でもそれを聞いても私も遼生さんと同じ気持ちだ。彼と一緒ならどんなことだって乗り越えられる気がする。

だって遼生さんが大好きだから。

自分の中で気持ちが固まった時、遼生さんは箱のふたを開けた。その中には大きなダイヤモンドの指輪が光り輝いている。

「萌ちゃんはこれから社会に出て、多くの世界を知っていくと思う。それからでも遅くないかもしれないけど、俺が待ちきれないんだ。……渥美萌さん、俺と結婚を前提に付き合ってくれませんか？　そして大学を卒業したら俺と結婚してください」

まさかのプロポーズに言葉が出ない。

だけど、それほど遼生さんが私との未来を真剣に考えてくれた証拠でもある。嬉しくて胸が震える中、どうにか声を絞り出した。

「……私で、いいんですか？」

感動のあまり言葉を詰まらせながら聞くと、遼生さんは愛しそうに私を見つめた。

「キミじゃなきゃだめなんだ。萌ちゃん以外の女性と結婚なんて考えられない」

彼の言葉に私の気持ちは強く固まり、たまらず遼生さんに抱きついた。

「……と、びっくりした」

私に急に抱きつかれた彼は、体勢を崩しながらも私の身体を抱き留めてくれた。そして優しく抱きしめ返してくれて、背中や髪を撫でていく。

「返事を聞かせてくれる？」

彼の腕の中から離れ、至近距離で見つめた。薄焦げ茶色の瞳には、涙を流す私が映っていて頬が緩む。

「はい！　よろしくお願いします」

笑顔で返事をすると、遼生さんはきつく私を抱きしめた。

「ありがとう。……絶対に幸せにするから」

ドキドキしているのは私だけではなくて、遼生さんの胸の鼓動も速い。それを感じて幸せな気持ちで満たされていく。

箱の中から手に取った指輪を彼が左手薬指にはめてくれて、優しくキスされた。

初めてのキスに、胸いっぱいに緊張が広がっていく。

そしてゆっくりと唇が離れた瞬間、いつの間にか囲まれていたギャラリーから大きな拍手が送られた。

「おめでとうございますー！」

「お幸せにー！」

遼生さんも予想外だったようで、目が合った彼の耳は赤く染まっていた。

「いっぱいいっぱいで、周りの視線なんて気にする余裕がなかった」

「私もです」

互いにそう言った後、声を上げて笑ってしまった。

それから遼生さんは、実家を出てひとり暮らしを始めた。

遼生さんに合鍵を渡され、頻繁に彼の家を訪れるようになる。

仕事が遅い時はご飯を作って待ち、一緒に食べてそのまま泊まることも増えていって、ふたりで過ごせる時間が多くなった。

遼生さんは付き合い始めてから私のことを〝萌ちゃん〟から〝萌〟と呼ぶようになった。

いっぽうの私はというと、彼に自分と同じように〝遼生さん〟から〝遼生〟と呼んでほしいと言われたが、どうしても慣れないし恥ずかしかった。それに彼は私より年上だから今まで通りに呼ばせてほしいとお願いした。

それから私たちはデートを重ねた。映画館に水族館に遊園地と、様々な場所に出かけては楽しいひと時を過ごした。

初めて身体を重ねた場所は、付き合って半年記念日に行った温泉旅館だった。

満天の星の下、部屋に併設されている露天風呂に入った。寝室の天井は窓になっていて、室内からも一面の星空が見渡せるロマンチックな部屋。

初めて結ばれた日の夜に、互いのぬくもりを感じながら余韻に浸る中、「一生忘れられないロマンチックで、素敵な夜をありがとうございました」と伝えた後、思わず本音を漏らした。

「ただ、私以外の人にもこんな素敵なことをしてたのかなって思うと、ちょっぴり妬けちゃいます」

私とは違い、遼生さんは昔からモテていたはず。そんな人に恋人がいなかったとは考えられない。

いつもだったら恥ずかしくてなかなか自分の思いを伝えることは難しいけれど、今夜は特別な日だったからだろうか。素直な気持ちが口をついて出た。

「どういうこと？」

少し戸惑った声で聞いてきた彼に「遼生さんはカッコいいから、モテていたのかなって思って……」と言葉を濁《にご》しながら答える。

その後、遼生さんからはなかなか反応が返ってこなくて、居たたまれなくなる。

「なにか言ってください」

彼の胸に顔を埋めると、遼生さんは「ごめん、あまりに可愛くて心臓が止まりかけていた」なんて言う。

「そんなことで嫉妬するとか可愛いな、萌は」

「私にとっては重要なことですよ？」

チラッと彼を見上げれば、愛おしそうに見つめているので、思わず頬が熱くなる。

「そっか、ごめんごめん」

優しく髪を撫でられ、再び彼の胸に顔を埋めた。

「萌と付き合う前に、何人かと付き合ったことはあるけど、誰ひとり俺自身のことを見てくれた人はいなくてさ。そんな彼女たちを萌みたいに喜ばせたい、笑った顔が見たいと思ったことは一度もなかった。だから萌の言う素敵なことは全部初めてだったよ」

「……本当ですか？」

ちょっぴり信じられなくて聞き返すと、遼生さんは「本当」と言って私の額にキスを落とした。

「これからも萌を喜ばせて、たくさん可愛い笑顔を見たいと思っているから楽しみにしてて」

「じゃあ私も遼生さんを笑顔にするサプライズを頑張って考えますね」

「それは楽しみだな」

私だって遼生さんが笑ってくれたら嬉しいし、どんなに小さなことでも喜んでくれたら自分のことのように飛び跳ねたくなる。

これから先の長い人生の中で、小さな幸せも大きな幸せも全部積み重ねていきたいと願った。

それから遼生さんが仕事で忙しい時は、彼のマンションに通って私にできるサポートをして支えた。

逆に私が進路に悩んでいた時は親身に相談に乗ってくれて、英語を生かした仕事でもある、翻訳家になりたいという夢を応援してくれた。

無事に出版社の文芸翻訳の仕事の内定をもらうことができた時、遼生さんは自分のことのように喜んでいた。

すべてが順調で幸せな日々は、この先もずっと続くはず。そう信じていたけれど、現実は甘くない。

遼生さんと付き合って二年あまりが過ぎ、私の大学卒業が半年後に迫った頃、私たちは両家へ結婚をしたい思いを伝えるために挨拶に行った。

最初から反対されることを覚悟しての訪問だった。結果は予想通り、お互いの両親に反対されてしまった。

私の両親は、遼生さんとはあまりに身分が違いすぎて、苦労するのが目に見えているからという理由だった。

彼の両親も同じような理由だったけれど、私がお金目当てで近づいたんじゃないか、遼生さんは私に騙されているなど大反対され、二度と顔を見せるなとまで言われてしまった。

「ごめん、萌。うちの親が萌にひどいことを言って」

「いいえ、謝らないでください。ご両親の前で私のことを心から愛していると言ってくれてすごく嬉しかったです」

そのせいで余計に彼のご両親の怒りを買ってしまったけれど、臆することなく発言した姿を見て、一生を彼と添い遂げたいと思った。

遼生さんの実家を後にして、私は家に帰ることなく彼のマンションにやって来た。ソファに腰を下ろした私たちは、自然と肩を寄せ合う。

「それに、反対されて当然だと思っています。だって遼生さんには釣り合う許嫁がいたんです。それなのに私が遼生さんと結婚したいと聞いたら、誰だって怒ります」

彼の許嫁は、大手金融機関の令嬢。あまりに釣り合いのとれた家柄に、どんな未来が待っていても大丈夫と決心した心が少しだけ揺らいだ。

「正直、俺はこうなることを少なからず予想していたんだ。その時はどうするかも考えていた」

ポツリ、ポツリと話しながら遼生さんは一度小さく深呼吸をした。

「萌を幸せにしたいと思う。だからずっと後継者として精進してきた。でもその幸せは果たして裕福な暮らしなのかと、最近ずっと疑問に思っていてさ。……俺はどんな生活になったとしても、萌と一緒なら幸せだと思うんだ」

それは私も同じ。遼生さんとふたりならそれ以上の幸せは望まない。

「碓氷不動産の社長の椅子と、萌との結婚。どちらかを選べと言われたら俺は迷いなく萌との結婚を選ぶ。でもその選択をすれば俺は今の地位を失い、萌にたくさん苦労をかけるだろう。お互いの両親に祝福されないまま結婚することになるかもしれない。……そうなったとしても、萌は俺と同じ道を歩んでくれるか？」

遼生さんの声は少しだけ震えていて、緊張しているのが伝わってくる。きっと遼生さんは私の知らないところでたくさん考えて悩んでいたのだろう。

ふたりのことなのに、遼生さんが悩んでいたことに気づけなかった自分が情けない。

私は彼の手をギュッと握りしめた。

「遼生さんは、私たちが初めて旅行に行った時のことを覚えていますか？」

突然旅行の話をし出した私に戸惑う様子を見せながらも彼は答えた。

「……もちろんだ」

「山の上にある素敵な宿で、麓《ふもと》には綺麗な川が流れていて、将来地方の田舎でのんびり暮らすのもいいなって話したことも覚えていますか？」

「……あぁ、覚えているよ」

「仕事は選ばなければなんでもあるはずです。それに土いじりも好きで野菜も育てみたいですし。……田舎でのんびりと慎《つつ》ましく暮らすのもいいじゃないですか。楽しそうです」

「萌……っ」

次の瞬間、遼生さんは力いっぱい私を抱きしめた。

「ありがとう、萌」

「ふふ、なんで〝ありがとう〟なんですか？　ふたりのことなんですから、お礼を言うのはおかしいですよ」

彼の大きな背中に腕を伸ばしながら言うと、遼生さんはクスリと笑った。

「そうだな、おかしな話だな。……どこに住んだってどんな暮らしだってふたりで幸せになろう」

「はい！」

それでも私たちは、お互いの両親に認めてもらうためにふたりで両家に通い、何度も自分たちの気持ちを伝え続けた。しかし、最後まで私たちの結婚を認めてくれることはなかった。

その間、私と遼生さんは何度も話し合いを重ね、私の大学卒業式翌日、駆け落ちすることに決めた。

卒業式の日の夜、遼生さんから電話がかかってきた。一応廊下や近くに両親がいないことを部屋の外に出て確認してから電話に出る。

《萌、大学卒業おめでとう。せっかくの卒業式に行けなくてごめんな》

「ありがとうございます。気にしないでください、忙しいことはわかっていますから」

駆け落ちすることに決めてから、遼生さんは周りに気づかれないように引継ぎの準備を進めてきた。

行き先は初めてふたりで訪れた旅館がある郊外の田舎町。移住者向けの支援がたくさんあり、空き家も格安で貸してくれて、就職先も斡旋《あっせん》してくれるという。

思い出の場所でふたりで新しい生活を始めようと決めている。

私も内定をもらった会社に辞退を申し入れ、携帯の名義も親から自分に変更済み。必要最低限の荷物もまとめて、着々と準備を進めてある。

《明日、卒業のお祝いに大きな花束を持っていくから》

「え、駆け落ちして新幹線に乗るのにですか？」

《それもそうだな、小さな花束で我慢するよ》

「じゃあ楽しみにしてますね」

私も遼生さんも、両親とは親子の縁を切る覚悟で家を出る。

もちろん苦労もたくさんすると思うし、つらいことだってあるはず。だから彼は事前に駆け落ち先のことをしっかりと調べてくれて、私との将来を見据えた生活を考えてくれている。移住後すぐに籍を入れる予定だ。

《それじゃまた明日、十時に東京《とうきょう》駅で会おう》

出発は土曜日。キャリーケースは昨日のうちに東京駅のコインロッカーに預けてあり、当日は怪しまれないよう、身軽で買い物に行くと言って家を出るつもりだ。

「はい、また明日。遅れないでくださいね」

《萌もな》

名残惜しさを感じながら通話を切り、カーテンと窓を開けてベランダに出た。

三月とはいえ、まだ夜は冷えて寒い。身震いしながら夜空を見上げると、たくさんの星が光っていた。

「ふたりで住むところは、もっと星が綺麗に見えるだろうな」

初めて結ばれた旅館がある場所だから、毎日のように満天の星が見えるはず。そんなことを考えていたら、悲しくなって身体中が熱くなり、手で仰いだ。

両親を裏切るかたちになってしまうことに対しての罪悪感はある。でもそれ以上に遼生さんとふたりで幸せに生きていきたいって気持ちのほうが大きい。

「ごめんね。お父さん、お母さん」

これまで育ててくれたことに対する感謝の気持ちと、親不孝な娘でごめんなさいという謝罪の気持ちを手紙に込めた。それと捜索願を出されないために、駆け落ちすることを許してほしいということも記し、ささやかながらふたりにそれぞれプレゼントも用意した。

きっと手紙とプレゼントに気づく頃は、私は東京にいないだろう。明日の朝も、いつも通りに朝食を食べることができるかな。いや、気づかれないように食べないと。最後に自分の部屋から見える星空を目に焼きつけて部屋に戻り、早めにベッドに入った。

そして迎えた当日。休日は決まって父も母も少し遅い時間に起きる。私はいつもより早くに目が覚めてしまったが、緊張してなかなかベッドから出ることができなかった。身支度を整え、いつもより遅くにリビングに下りていった。

「おはよう、萌」

「あら、やっと起きたのね。大丈夫？　来月から社会人になるっていうのに」

父は優しく挨拶をしてくれて、母は小言を言う。いつもの日常に目頭が熱くなる。

「おはよう。大丈夫、ちゃんと起きられるから」

両親には、遼生さんとの結婚は諦めると伝えてある。だからふたりともすっかり安心しきっており、社会人になって新しい出会いがあると励ましてもくれた。

母が用意してくれた朝食は、大好きな甘い厚焼き玉子に鮭の塩焼き、かぼちゃのサラダに味噌汁とお漬物。

これで最後だと思い、どの料理も噛みしめて完食した。

「今日は友達と買い物に行ってくるね」

「そうなの？　じゃあお母さんとお父さんも買い物に行きましょうか」

「そうだな、ついでに温泉でも入ってくるか？」

「いいわね」

盛り上がるふたりに「じゃあ私、行くね」と伝えると、「いってらっしゃい」「気をつけてな」と笑顔で送り出してくれた。

その姿に涙が零《こぼ》れそうになるものの、必死にこらえて笑顔で「いってきます」と答えた。

急いで家を出て駆け足で駅へと向かっていく。

遼生さんと一緒に生きていくと決めたはずなのに、両親ともう二度と会えないかもしれないと思うと寂しくなってしまった。

親不孝なことをするのだから、私に寂しいって思う資格などないのに……。

最寄り駅から電車に乗り、東京駅に向かう道中はずっと心の中で両親に謝罪の言葉を繰り返していた。

きっといつか、遼生さんと駆け落ちして正解だったと思えるほど、幸せになることが私にできる唯一の親孝行であると信じたい。

罪悪感を必死になくして、遼生さんとの待ち合わせ場所へと向かった。

十時二十分前、待ち合わせ場所の改札口前に到着した。しかし、さすがに二十分前は早かったかもしれない。

コインロッカーに預けておいた荷物を手に、彼が来るのを待つ。

土曜日ということもあって、多くの人が行き交う中、約束の十時を過ぎても遼生さんは来なかった。携帯を確認しても彼からの連絡はない。

「ただ、遅れているだけだよね」

待ち合わせをしてたった一回遅れてきた時は、ちゃんと連絡をしてくれたのに。

不安に襲われながらも待つこと二時間が過ぎ、十二時を過ぎた。

その間、メッセージや電話をかけてみたものの、メッセージには既読が付かず、電話にも出ない。

彼になにかあった？　でも連絡がつかない以上、私には待つことしかできない。

どうしよう、彼の家に行ってみる？　だけどそれで行き違いになったらどうする？

携帯が壊れて連絡を取ることができない状況かもしれないし。

様々な考えが頭をよぎるが、どうすることもできず待ち続け、とうとう十八時を回ってしまった。

「さすがにおかしい。絶対なにかあったんだ」

キャリーケースを引いて、駆け足で彼のマンションへと向かう。

遼生さんは、今月いっぱいでマンションの契約を解除したと言っていた。怪しまれないように家具などは置いていき、契約解除後に大家さんに家具は売るなり、次の人に使ってもらうなり好きにしていいと伝えてあるとも言っていたのに……。

「嘘、でしょ」

合鍵を使って入った彼のマンションはもぬけの殻《から》。家具はもちろん、カーテンさえもついていない状態だった。

信じられない光景に、膝から崩れ落ちる。

「とにかく連絡……」

バッグから携帯を手に取ったが、震えて落としてしまった。

ギュッと手を握りしめて自分を落ち着かせる。

何度もかけているのに連絡が繋がらない。マンションの荷物はほとんど置いていくと言っていたのに、なにも残っていない。

これはどういうこと？　昨夜の電話では一緒に駆け落ちをすると約束したよね？

それなのに――。

電話をかけてもやっぱり繋がらず、通話を切った。

どうしたらいいのかわからず、殺風景なマンションの部屋で蹲《うずくま》ること数分、メッセージが届いた着信音が鳴った。

急いで携帯を確認すると遼生さんからで、一気に気持ちが上昇する。タップしてメッセージ画面を開き、内容を目で追う。

【別れよう。迷惑だから、もう二度と連絡してこないでくれ】

「なに、これ……」

一方的な別れのメッセージに目を疑うが、たしかに遼生さんで間違いない。じゃあ遼生さんは本当に私との別れを望んでいるってこと？

ううん、そんなはずはない。だって昨日までそんな素振りはまったく見せなかったし、遼生さんの言葉がすべて嘘だったなんて信じたくない。

メッセージを送ってきたってことは、電話にも出られるはず。すぐに遼生さんにかける。

しかし電話越しに聞こえてきたのは、通話中の機械音。それは何度かけても同じだった。

かれこれ一時間以上だ。誰と電話しているんだろう。

長時間、その場で電話をかけ続けていたからか身体が完全に冷え切っていた。ずっとここにいるわけにもいかないし、とりあえず出よう。

マンションを後にして再び待ち合わせ場所へと向かう。やはり遼生さんの姿はなく、近くのベンチに腰を下ろした。

これからどうしよう。ずっと改札口の前にいるわけにはいかないし、家にはもちろん帰れない。

幸いなことに両親はまだ置き手紙に気づいていないようで連絡はないけれど、それも時間の問題だろう。

遼生さんと合流したら、ふたりで携帯の電源は切って新しい人生を楽しもうって約束していたのが嘘のようだ。

別れを告げられたのに、実感が湧かない。まるで悪夢を見ているかのよう。

その後も十五分置きに遼生さんに電話をかけるが、いつまで経っても通話中。かれこれ三時間以上は経っていて、少しおかしいと思い始めた。

まさか考えたくないけれど……。

着信拒否された時、相手にはどう聞こえるかを検索する。すると、アナウンスはなくずっと通話中の状態になるという。

「嘘、遼生さんに着信拒否されているの？」

メッセージは一向に既読が付かないし、ずっと通話中。信じたくないけれど、遼生さんは本気で私と別れたいのかもしれない。

それでも一縷《いちる》の望みをかけて終電時間まで改札口の前で待つ。少しずつ行き交う人の数が減っていき、開いていたお店も閉店して明かりが消えていく。

来ないと頭では理解していても、心がそれを拒否する。だってこんな終わり方ってある？　それとも私が気づかなかっただけで、遼生さんの気持ちは離れていたの？　それなら駆け落ちの約束などせずに別れを切り出してくれたらよかったのに。

何度もメッセージや電話がかかってきたが、それはすべて両親からだった。やがて携帯の充電は切れてしまい、とうとう零時を回って日付が変わってしまった。

さすがにここで一晩を明かすわけにはいかない。

腰を上げて近くのネットカフェやビジネスホテルを探す。ちょうど駅前にビジネスホテルがあり、空きもあって泊まることができた。

荷物を置いてそのままベッドに横たわる。

本当だったら今頃は遼生さんと過ごしていたはずなのに……。

少しずつ遼生さんに別れを告げられたと実感してきて、涙が頬を伝った。

「本当に遼生さんとはもう終わりなのかな」

お互い今以上に好きになれる人はいないと想いを伝え合い、ふたりで生きていこうって約束したよね？　遼生さんと一緒ならどんなにつらい日々だとしても幸せになれると信じていたのに……。

一筋の涙が零れてからは、とめどなく流れて止まらなくなる。

「ふっ……うっ……」

連絡がつかず、今月いっぱいは解約しないと言っていたマンションがもぬけの殻になっていたんだ。遼生さんは私との関係を終わりにしたいのだと認めるしかない。

そうわかってはいるけれど、簡単に気持ちの整理などつくはずがなく、一晩中泣き続けた。

次の日の朝。寝ていないからか頭が働かず、身体も重くて動かなかった。このまま連泊させてもらい、一日中泣きはらした。

そしてさらに次の日。水分しか摂っていなかったのだから当然だけれど、お腹が空いて目が覚めた。

「悲しくてもお腹が空くんだ」

ずっとグーグーなっているのが可笑しくて、乾いた笑い声が漏れる。

ホテルの一階にコンビニがあったことを思い出し、さっそくコンビニでおにぎりとお茶を購入した。

お茶を飲んでからおにぎりを一口食べると、美味しくてなぜか涙が溢れた。

つらいのにお腹が空くのは生きている証拠。どんなに苦しくて悲しいことがあったとしても、生きている以上前に進んでいくしかないよね。

ずっとホテルで暮らしていくわけにはいかないし、家には絶対に帰れない。それに帰ったとしても内定を断った私には仕事がない。

もぐもぐと食べ進め、最後にお茶を飲んで一息つく。

遼生さんに気持ちがない以上、どんなに私が想いを寄せたって迷惑になるだけ。今すぐには無理でも、少しずつ彼に対する愛情を失くしていかないと。

涙を拭って両手で頬を叩いた。

「いつまでも泣いていたって仕方がない」

言葉にして自分を奮《ふる》い立たせ、立ち上がった。そして急いで携帯の充電をする。

電源を入れるとすぐに電話がかかってきた。自宅からで長く呼び出し音が鳴り続けた後、確認したら数えきれないほどの着信とメッセージが届いていた。

もし、両親からの電話に出たら怒られたとしても許してもらえるだろうか。……きっとふたりなら許してくれるだろう。

でも、そうすれば私は今までと変わらない生活を送ることになる。きっと実家暮らしを続けて仕事を探すことになる。

家を出るたびに遼生さんに送ってもらったことや、ふたりで何度も挨拶に行ったことも思い出すよね。

それだけじゃない、遼生さんとの思い出がいっぱいありすぎる。電車に乗っても買い物に行っても、彼と訪れた場所に行くたびに思い出すだろう。

それではいつまでたっても遼生さんのことを忘れられない気がする。だったら、両親とはこのまま関係を絶ってひとりで生きてみる？　遼生さんとの思い出がなにもない場所で、新しい生活をスタートさせるのも悪くない。

それから私は電話番号を変更した。そして駅の通路に北海道《ほっかいどう》の観光ＰＲポスターが貼られているのを見て、母方の叔母の存在を思い出した。

叔母と母はあまり姉妹仲が良くない。叔母が母と祖父母の反対を押し切って、結婚歴が三回もある男性と駆け落ち婚をしたためだ。

その次の年に叔母から、自分は幸せに暮らしているから心配しないでほしいというメッセージ付きの年賀状が届き、中学二年生の時に母に連れられて叔母を説得するために北海道に行ったことがある。

たしか商店街の一角で洋菓子店を経営していたよね。

昔は母が大反対していたから、私は絶対に家族が反対する相手とは結婚しないようにしようと思っていた。

それなのに、住む世界が違う遼生さんを好きになり、反対されても絶対に結婚したいと思っていた。

叔母のように駆け落ちしようと約束までしていたのに、振られてしまったけれど……。叔母は、どんな思いで家族との縁を切ってまで好きな人と一緒になったのだろうか。

今の私の気持ちを相談できるのは叔母しかいないと思い立ち、私は昔の記憶を頼りに北海道へと渡った。

それから二ヵ月後――。

「萌ちゃーん、チョコレートケーキができたから、ショーケースに入れてもらってもいい？」

「はい、わかりました」

叔母に言われ、厨房に行くと甘くて美味しそうな匂いでいっぱい。すると叔母の旦那様である叔父の大山文博《おおやまふみひろ》さんが苺やぶどう、キウイフルーツにオレンジなどがたくさん盛ってあるフルーツタルトを私に見せてくれた。

「萌ちゃん、リクエストのフルーツタルトできたぞ」

「本当ですか？　嬉しい、ありがとうございます！」

「冷蔵庫に入れておくから、休憩中に食べな」と言う文博さんの横で、叔母の明子《あきこ》さんはクスリと笑った。

「もう。文博は本当に萌ちゃんが大好きね」

「萌ちゃんはもう俺たちの娘のようなものだからな」

「たしかにそうね」

そう言って笑うふたりに、温かな気持ちでいっぱいになる。

二ヵ月前、遼生さんに振られた私は記憶を頼りに明子さんのもとにたどり着いた。明子さんは私のことを覚えてくれていて、温かく出迎えてくれたのだ。

さらにこれまでのことを打ち明けたら、「つらかったね。萌ちゃんさえよければいつまでもうちにいていいよ」と言ってくれた。

明子さん夫婦には子供はおらず、私のことを本当の娘のように扱ってくれた。

そんなふたりの力に少しでもなりたくて、経営する洋菓子店の手伝いをしていた。

「それにしても萌ちゃんはすごいよな。英語ペラペラなんだから。おかげで外国人観光客も増えて売り上げが伸びたよ」

「一度買いに来てくれた人が、ネットに英語で接客してくれるお店だって紹介してくれてから、毎日数組は外国人観光客が来てくれるものね。本当に萌ちゃんのおかげよ、ありがとう」

「いいえ、そんな。少しでもお力になれてよかったです」

明子さんと文博さんは無償で私を住まわせてくれて、食費や光熱費も払う必要はないという。

お金はいつか必ず必要になるから、その時にとっておくべきだとも言ってくれた。

それに英語が好きで、翻訳の仕事がしたかったことも伝えると、この近辺では翻訳を事業としている会社はないから、フリーランスでやってみたらどうかと提案してくれた。

さっそく私は調べて、パンフレットの翻訳依頼を受けることができた。

隙間時間に進めることができるから、こうしてお店を手伝うこともできている。今の私にはぴったりな働き方だった。

「あら、大変。そろそろ開店の時間だわ。萌ちゃん、開店準備をお願いしてもいい？」

「わかりました」

明子さんに言われてシャッターを開けに外に出ると、すでに数名のお客様が開店を待っていた。

「おはよう、萌ちゃん。今日はお昼に孫が来るっていうからケーキを買いに来たのよ」

「おはようございます。そうなんですね、会えるのは久しぶりですよね？」

「そうなのよ。半年ぶりだから楽しみでね。ケーキ、いっぱい買わせてもらうわ」

「ありがとうございます」

　二ヵ月も経つと、すっかりと常連客とは顔なじみとなった。みんな気さくに「萌ちゃん」と呼んでくれて、様々な話をしてくれる。

「お待たせしました、いらっしゃいませ」

　開店の時間を迎え、すぐに接客に入る。お客様から注文を聞いて箱に詰めて会計までするのが私の仕事だ。

「萌ちゃんのオススメはなに？」

「そうですね、やっぱりフルーツタルトです」

　文博さんが作るフルーツタルトは、日本で一番美味しいと思う。フルーツの酸味に合わせたクリームの甘さが絶妙で、タルト生地もしっとりしていて絶品なのだ。

「じゃあそれを五個ください」

「ありがとうございます」

　文博さんが経営する洋菓子店は、商店街の一角にある。商店街の歴史は古いようで老舗《しにせ》店が並ぶものの、ここ数年は近くに大型商業施設ができた影響で閑散《かんさん》としているらしい。

経営難に陥り、店を閉める人も多くなってきたという。今ではシャッターが閉まっている店のほうが多いくらい。

その中で文博さんの洋菓子店は人気を博していて、お昼を回る頃にはほとんど売り切れてしまうことも少なくない。

「萌ちゃんは今日も可愛いわねぇ。本当に恋人はいないの？」

ほぼ毎日誰かに聞かれるこの言葉のたびに、私の胸はざわついてしまう。

「いないですよー。今は仕事が楽しくて」

そのたびに笑って否定することにも慣れてきた。

実は北海道に来てから三日後に、携帯の番号を変えて初めて遼生さんに電話をかけたことがある。

その時に電話に出たのは、若い女性の声だった。

相手が誰なのか、遼生さんとはどんな関係なのか、彼は今、どんな気持ちでなにをしているのか。聞きたいことはたくさんあったのに、なにも言えずに通話を切ってしまった。

もしかしたら……いや、間違いなく電話に出た女性は以前に聞いていた許嫁だったのだろう。

やっぱり遼生さんの気持ちは離れていて、すでに新しい恋人がいたから私と別れたかったんだと思う。

でもそのおかげで気持ちに区切りをつけることができた。

もちろん今も彼を好きな気持ちは消えていないけれど、これから少しずつ忘れていく努力はしていかないといけない。

きっと新しい生活が忘れさせてくれるはず。二ヵ月しか経っていないのに、こうして笑って過ごせているのがその証拠。

この商店街で明子さん、文博さんと暮らす日々に幸せも感じているから。

「ありがとうございました。お気をつけておかえりください」

十二時を回り、ほとんどのケーキがショーケースから消えてしまった。

売り切れたケーキの札を回収していると、明子さんが「お疲れ様。萌ちゃん先にご飯食べておいで」と言ってくれた。

「ありがとうございます。じゃあお先にすみません」

「ゆっくり食べてきなさい」

店番は明子さんにお願いをして、文博さんに作ってもらったフルーツタルトを持って二階の居住スペースに上がった。

明子さんが用意してくれた今日の昼食は、オムライスだった。

「ふふ、明子さんってば私を何歳だと思っているんだろう」

オムライスにはニコニコマークがケチャップで描かれていた。それから小さなハートも。

それに癒されながらさっそく手を合わせた。しかしスプーンで掬《すく》って口元まで運んだ瞬間、トマトケチャップの匂いに吐き気を覚えた。

「うっ……」

急いでスプーンを皿に置いて口と鼻を手で覆う。しかし気持ち悪さは消えず、たまらずトイレへと駆け込んだ。

「気持ち悪い、なにこれ」

今までケチャップの匂いで吐いたことなんてなかったのに。落ち着いた頃にトイレから出て、ダイニングキッチンに戻ったものの、食欲が失せてしまった。

「明子さんに申し訳ないな」

ラップをして冷蔵庫にしまい、身体のだるさを感じてソファに横になった。

最近、翻訳の仕事で遅くまで起きていたから疲れが溜まっているだけかもしれない。

少し休めばよくなるはず。

しかし数日経っても体調は回復することなく、吐き気や微熱が続いた。そんな私を見て、明子さんがある可能性を指摘した。

「萌ちゃん、もしかしたら妊娠しているんじゃないの……？」と――。

今の幸せがずっと続くと思っていた

設定しておいたアラームが鳴る時間より先に目が覚め、枕元にあった携帯を手に取って設定を解除した。

時刻は朝の五時半過ぎ。隣では四歳になる愛娘の凛《りん》がスヤスヤと気持ちよさそうに寝息を立てている。

可愛い天使の笑顔に癒されながら、起こさないように布団から出た。

明子さんと文博さんはすでに店の厨房でケーキ作りを始めている。私はこの時間に起きて、みんなの朝食と凛のお弁当の準備をする。

冷蔵庫を開けて、食材はなにが入っているかを確認してから調理に取りかかった。

五年前、明子さんに指摘されて妊娠が発覚した時は頭の中が真っ白になった。これから新しい人生を歩んでいこうと思い始めたばかりで、間違いなく遼生さんと私の間にできた子供だったから。

素直にいえば大好きな人との間に赤ちゃんができて嬉しかった。それと同時に生むべきか悩んでしまった。だって遼生さんとの関係は終わっていて、この子には父親がいないので寂しい思いをさせてしまう。

それに私ひとりで育てていける自信もなかった。不幸な人生を歩ませることになるなら、いっそ生まない選択をすることも大切なのではないかと。

そんな私の背中を押したのは、明子さんと文博さんだった。

明子さんに『どんなかたちでも授かった命に罪はない。それに世の中には私たち夫婦のように愛しい命を授かれない夫婦もたくさんいる』と言われてしまった。

さらに文博さんも『俺たちにとって萌ちゃんはもう娘なんだ。そんな萌ちゃんの子供なら俺たちの孫でもある。だったら家族総出で大切に育てていこう』と言ってくれて、私は生む決心をすることができた。

妊娠中はつわりがひどくて、明子さんにすごく助けてもらった。マタニティ教室には明子さんと文博さんも一緒に参加してくれて、三人で新しい命を迎える準備を進めることができた。ひとりで育てるんじゃない、私には頼もしいふたりがいるんだと安心して出産を迎えることができたんだ。

陣痛が起きてから、出産までに十二時間以上かかったが、無事に元気な女の子を生んだ。

驚くことに、明子さんは私が突然訪ねてきたその日のうちに、私には内緒で両親に連絡をしていたのだ。

今はそっとしておいてあげてほしいとも伝えてくれていたらしい。

それからも私の近況を逐一報告していたようで、妊娠したことも知らされていた両親は、私の陣痛が始まったと連絡をもらうと、すぐに家を出て北海道まで駆けつけてくれた。

明子さんと文博さん、そして両親の立ち会いのもとに生まれてきた赤ちゃんに、私は強く生きてほしいという願いを込めて凛と名づけた。

凛の出産に立ち会った両親は、家を飛び出して音信不通だった私を怒ることなく、泣きながら『よく頑張ったな』と褒めてくれた。

退院するまで北海道に滞在してくれて、その間にたくさん話し合った。最初は戸惑ってしまい、なかなか自分の気持ちを伝えられなかったけれど、両親は私が話すまで待ってくれた。

両親は私のことを許してくれたとしても、私は遼生さんとの思い出がたくさんある東京に戻りたくなかった。

それに明子さんと文博さんをはじめ、商店街の人とも離れたくないし、凛には自然が豊かで温かい人たちがたくさんいるこの場所で、元気にのびのびと育ってほしいという思いもあった。

なにより明子さんたちに恩返しをしたいし、私自身がこの場所で生きていきたいって思ってしまったんだ。

その気持ちを正直に打ち明けると、両親は私の気持ちを尊重してくれた。両親の反対を押し切って家を飛び出し、案の定振られてしまったというのに、両親は「これからは頼ってほしい」とまで言ってくれたのだ。両親の優しさに、私は大泣きしてしまった。

それからというもの、今では三ヵ月に一度は北海道にやって来て、孫の凛をとことん甘やかしている。

父親がいない分、凛を大切にしてくれる存在がとても大きい。

そんなことを考えながら凛のお弁当の盛り付けに入る。

二歳から凛を保育園に預けて、明子さんたちのお店の手伝いをしながら翻訳の仕事をしている。

最初は上手くやっていけるか不安だったが、実績を重ねるごとに依頼をもらえるようになり、今ではありがたいことにスケジュールがいっぱいで断ることもあるほど。

だけど私にとって、今一番大切なのは仕事に没頭することじゃない。凛とできるだけ多くの時間を過ごすことだから。

「ん、こんな感じかな」

完成したお弁当は、凛が最近大喜びするキャラクターのお弁当だ。今日は凛が大好きなアニメのキャラクターをモチーフにしてみた。

普段は好んで食べない野菜もキャラクターに使うと喜んで食べてくれるんだよね。手間はかかるけれど、しっかり食べてくれるし、なにより凛の喜ぶ顔が見られると私も嬉しい。

みんなの朝食は鮭の塩焼きと凛が大好きな甘い玉子焼きにお味噌汁、作り置きの煮物や漬物を用意した。

それらをテーブルに並び終える頃、凛が起きてきた。

「おはよー！　ママ！」

朝から元気いっぱいに駆け寄ってきた凛は、勢いそのままに私の足にしがみついた。

「おはよう、凛」

膝を折って目線を合わせ、凛を優しく抱きしめた。だけどすぐに凛は私から離れて、自慢げにくるくると回った。

「ママ、えらい？　凛ねーひとりでお着替えできたの」

「うん、すっごくえらい！　ひとりでよくできたね」

拍手をして褒めると、凛はますます得意げになるから可愛い。

「凛、明日も頑張る」

「本当？　すごいね、凛」

最近の凛はなんでもひとりでやりたがる。起こす前にひとりで起きられるようになったし、着替えだってできるようになった。

お手伝いも進んでやるようになって、成長をひしひしと感じていた。

「凛、すごい？　もう立派なお姉ちゃん？」

期待に満ちた目で聞いてきた凛の髪を優しく撫でた。

「うん、立派なお姉ちゃんだよ」

私の話を聞いた途端に凛は嬉しそうにピョンピョンとジャンプするから、もう愛おしくてたまらない。

そういえば最近、しきりに「お姉ちゃんになれる？」と聞いてくる気がする。保育園で小さな子に頼られたり、先生に言われたりしたのかな？

そんなことを考えながら大喜びをする凛を眺めていると、仕込みを終えた明子さんと文博さんが戻ってきた。

「あらあら、凛ってば朝から元気いっぱいね」

「うん、凛は元気だよ！」

明子さんに対して笑顔で答えた凛に、文博さんは「可愛いなぁ」と言いながら顔を綻《ほころ》ばせた。

「萌ちゃん、いつも朝ご飯の準備をしてくれてありがとうね」

「いいえ、これくらいやらせてください」

明子さんとキッチンに入り、ご飯やお味噌汁をよそう。

「ふみじい、早く座るよー」

「あぁ、わかったよ」

凛に手を引かれて文博さんは幸せそう。

言葉が話せるようになってから、凛はふたりのことをそれぞれ〝ふみじい〟〝あっこばあ〟と呼んでいる。

それがふたりにとってツボらしく、凛に呼ばれるたびに幸せそうな顔をしている。

「んー！　ママが作る玉子焼きおいしいー。凛、大好き」

「本当？　嬉しいな、ありがとう」

四人で囲む食卓は賑やかで笑いが絶えない。こんな幸せな時間が永遠に続けばいいのに……と、いつも切に願っていた。

凛を保育園に預けた後は、お昼までの混む時間帯はお店の手伝いをして、午後から凛を迎えに行くまでは翻訳の仕事をしている。

あれほどのめり込んでいたミュージカル鑑賞は、こっちに来てからは一度も見に行けていない。でも不思議とどうしても見たい！とは思わなかった。

それはきっと、見たいと思う暇もないほど充実した毎日だし、なにより素敵な人たちに囲まれて、みんなと過ごす時間のほうが楽しいと思えているからかもしれない。

仕事をしていたら時間はあっという間に過ぎていき、気づけば十六時になろうとしていた。

「嘘、もうこんな時間⁉」

慌ててデータを保存して保育園へと向かった。

凛が通っている保育園は、徒歩十五分の距離にある。歩みを進めながら、五年前より、もっと寂しくなった商店街の姿に胸が痛む。

私が来たばかりの頃より経営を続ける店は減り、今では〝シャッター商店街〟なんて呼ばれるほど。

経営を続けているのは、うちの洋菓子店と八百屋に魚屋、肉屋といった食品関係の店だけだった。

店を閉めるのを機に移り住む人も少なくなく、温かく私を出迎えてくれた商店街の人たちは地元を離れていった。

それからというもの、前から商店街の団結力は強かったけれど、残った人たちの絆はさらに強くなり、今では家族のような存在でもある。

「凛ちゃんのお迎えに行くの？」

呼び止められて足を止める。声のしたほうに目を向けると、キャベツが入った段ボールを持ち上げた青果店の出石和泉《いでいしいずみ》がいた。

「うん、そうなの。和泉君は今から配達？」

「そう。ちょうど凛ちゃんの保育園の方面に行くから萌ちゃん乗っていきなよ」

屈託ない笑顔で言われると、こっちまで自然と頬が緩む。

「本当？　ありがとう」

「待ってて。今、車を回してくるから」

和泉君は私より二歳下の二十五歳。高校を出てすぐに実家の青果店で働き始め、今では立派な跡取りだ。

文博さんの洋菓子店の果物は、和泉君の青果店からすべて購入している。毎日のように配達に来ているから、歳が近いこともあってすぐに意気投合した。

凛のこともすごく可愛がってくれていて、凛も和泉君に懐いている。

「萌ちゃん、お待たせー。乗って」

「ありがとう」

店の前に和泉君が運転する小型トラックが停まり、私は助手席に乗り込んだ。運転席と合わせて三人乗りとなっていて、トラック部分は保冷仕様となっている。

「よし、じゃあ出発するよ」

「お願いします」

私がシートベルトを締めたことを確認すると、和泉君は車を発進させた。

流行りの曲を聞きながら口ずさむ彼の横顔をチラッと盗み見る。

和泉君は身長が一七〇センチ。サラサラの栗色の髪で肌が白く、クリッとした目が印象的な可愛らしい顔立ちをしている。

本人は男らしくなりたいって言っているけれど、アイドルフェイスの彼を目当てに、どこからかマダムたちが通っているほど。

とっても世話焼きな一面もあり、こっちに来たばかりで知り合いのいない私を心配して、商店街を一緒に回って街の人に私のことを紹介してくれた。彼のおかげですぐにみんなと親しくなれたと思う。

頼りになる面もあれば、意外と抜けている一面もあり、時々姉のように慕って甘えてくることもある。だからかよく弟がいたらこんな感じなのかなって想像していた。

保育園に到着したら、和泉君が「近くの配達を終えたら戻るだけだから、帰りも送っていくよ」と言うので、甘えることにした。

凛を迎えに行き、駐車場で待つ和泉君のもとへと向かう。すると車の前で待つ彼を見つけた凛は私の手を振りほどいて一目散に駆け出した。

「和泉くーん！」

「あ、ちょっと凛⁉」

いくら保育園の敷地内とはいえ、ここは駐車場。周りを見ないで走り出したら危ない。幸い車の往来はなく、安心して凛の後を追う。

「おかえり、凛ちゃん」

膝を折って腕を広げた和泉君の胸に、凛は勢いそのままに飛び込んだ。

「ただいまー」

ギューッとしがみつく凛を和泉君は優しく抱き上げた。

「俺に向かって駆けてきてくれたのは嬉しいけど、凛ちゃん、ちゃんと車がきていないか確認はした？」

「……してない！」

和泉君に言われて凛は面白いほどハッとなる。そしていつも車には気をつけること
と注意している私を見た。

「ごめんなさい、ママ。凛、悪いことした」

ちゃんと悪いことだと理解した凛が誇らしくて、彼女の頭をそっと撫でた。

「そうだね、ちゃんと車がきていないか見ようね」

「うん、わかった。約束ね」

そう言って小指を立てて指きりしようという凛が愛おしくてたまらない。

「はい、約束」

指きりをし終わった私たちは和泉君が運転する車で帰路についた。

「いつもごめんなさいね、和泉君。ほら、凛。もうおうちに着いたから和泉君とバイ
バイしなさい」
家に着いたものの、凛は和泉君に「抱っこして」と甘えた声でお願いをした。和泉
君には仕事があるんだよと説明しても離れがたいのか、凛は和泉君にしがみついて離

れなかった。

見かねた和泉君が凛を抱っこしてお店の中まで送ってくれたわけだけれど、明子さんに言われても凛は「まだ和泉君に帰ってほしくない」とわがままを言い出した。

「凛、中までって約束でしょ？」

「……でも和泉君帰っちゃったら凛、寂しい」

駄々をこねる凛だけれど、和泉君は嬉しそうに頬を緩ませた。

「凛ちゃん、寂しいって言ってくれてありがとう。でも今日はまだ仕事があるんだ。だから今度、俺のお仕事が休みの日にいっぱい遊ぼう」

「本当？　凛と遊んでくれる？」

「あぁ、約束するよ」

和泉君と指きりをして満足したのか、凛は「ふみじい、お着替え手伝ってー」と言って文博さんの手を取った。

「まったく、凛は仕方がないな」

なんて言いながら文博さんは頼ってもらえるのが毎回嬉しいようで、凛に手を引かれるがまま二階へと向かう。

「ありがとう、和泉君。いつもごめんね」

「とんでもない。凛ちゃんに好いてもらえて嬉しいよ。約束しちゃったから今度休みの日に凛ちゃんを公園に連れていってもいい？」

「もちろん。私も一緒に行くよ」

「俺ひとりでも平気だよ。萌ちゃんもたまには休まないと」

私を気遣う和泉君に、嬉しい気持ちで胸がいっぱいになる。

「父さんにできるだけ、凛ちゃんの保育園がない土日に休みをもらえるよう交渉してみるよ。決まったら連絡するね」

「わかったよ。本当にありがとう」

手を振りながら「またね」と言って店を出ていく和泉君を見送ってすぐに、隣にいた明子さんが私の腕を肘で突いてきた。

「私はお似合いだと思うけどなー、ふたり」

「え？　なんですか急に」

するとと明子さんはにっこりと微笑んだ。

「凛もあんなに懐いているし、萌ちゃんが和泉君と結婚したら喜ぶんじゃないかなーって言ってるの」

「結婚って……私と和泉君がですか？」

思いもよらない話に目を見開き、自分自身を指差した。

「どうしてそんなに驚くの？　みんな口には出さないだけで、萌ちゃんと和泉君お似合いだし、結婚すればいいのにって思ってるわよ」

みんなってどのみんな？　まさか商店街のみんなってこと？

混乱する私の肩を明子さんは優しく撫でた。

「もちろん一番大切なのはふたりの気持ちだけど、萌ちゃんも和泉君も商店街のみんなにとって子供みたいな存在なのよ。可愛いふたりが結婚してずっとここにいてほしいって思っちゃってるの。もちろんあの人もね」

そう言うと明子さんは、ふたりが上がっていった階段に目を向けた。

「こんなことを言いたくないけど、いつかは凛に父親がいないことを聞かれる時がくると思う。凛のことだから納得はしてくれても、きっと寂しいと思うはずよ」

「それは……」

明子さんの言う通りで、私に反論の余地などなかった。

今はひとり親の世帯も多く、保育園で色々な家族の形があると教えてくれている。でもいつかは凛に間違いなく聞かれるだろう。「凛のパパは誰？」「どんな人？」って。

その時、私は凛にうまく説明することができるのだろうか。そして父親がいないともし寂しがったら、凛の心を私ひとりで埋めることができる？

「ごめんね、萌ちゃんを責めているわけでも、困らせたいわけでもないの。結婚して家庭を築くっていう選択肢もあるってことをわかってほしい。私たちはただ、あなたと凛に幸せになってほしいだけなの」

「明子さん……」

　すると明子さんは私の背中をポンと叩いた。

「さて、そろそろ閉店の準備をしようか。少しケーキが残っているし、値引きの看板を立ててくるね。悪いけど、夕食の準備をお願いね」

「あ、は、はい」

　何事もなかったように看板を立てに店を出ていく明子さんの後ろ姿を眺めながら、なぜか泣きそうになってしまった。

　妊娠がわかってから今まで、明子さんと文博さんはずっと支え続けてくれた。私と凛の幸せを願ってくれる人がいるってことが、どんなに奇跡に近いことか。

　もちろん明子さんとは血が繋がっている。でもいきなり訪ねてきた私を温かく受け入れてくれて、こんなにも大切に想ってくれる明子さんたちには、何度感謝の言葉を伝えても足りないよ。

そんなふたりの願いなら、どんなことだって叶えてあげたいと思う。……でも、結婚だけは無理だ。

だって私の心の中には、どうしてもまだ遼生さんがいる。日に日に彼に似てくる凛を見るだけで遼生さんを思い出してしまう。そんな私が結婚なんてできるわけがない。

遼生さんとの思い出が頭をよぎり、胸が痛む。だけどすぐに頭から追い払って二階に上がり、凛と夕食の準備を進めた。

凛が寝たのを確認して、起こさないように布団から出る。静かにタンスを開けて、一番奥にしまってあった古い携帯を手に取った。

充電器に繋いで電源を入れると、懐かしい写真が画面に映る。

「幸せそう……」

トップ画面は遼生さんと顔を寄せ合って撮った写真。アルバムを開くと、出会ってからの写真がたくさん映しだされた。

最初はふたりとも顔がぎこちない。でも次第に幸せそうな笑顔で溢れていく。遼生さんがいるだけで毎日が楽しくて、彼に会えることが生きがいでもあった。

声が聞けただけで嬉しくて、会っている間は夢のような幸せな時間が流れて……。

思い出が頭を駆け巡り、涙が零れた。

「やだ、なんで今さら泣くの？」

涙を拭っても、写真の中の幸せな自分を見ると涙が止まらなくなる。

もうどんなに願っても、この時には戻れないことはわかっているじゃない。私には凛がいる。それだけで充分だと言い聞かせてきたのに……。

だめだな、私。まだ思い出したら泣いてしまうほど遼生さんのことが好きなんだ。

どんなに想いを寄せていたって、届くことはないのに。

どうやったら遼生さんのことを忘れることができるんだろう。その答えは出ることなく、私は携帯を握り締めたまま声を押し殺して泣き続けた。


「ママ、目、大丈夫？」

次の日の朝。案の定、泣いたせいで目が腫れてしまった。

温めてメイクでカバーしたものの、着替えを終えてキッチンに入ってきた凛には見抜かれてしまったようだ。

「痛いの？」

心配する凛を安心させるように彼女と目線を合わせた。

「ううん、痛くないよ。ちょっと痒くて強く擦《こす》っちゃっただけなの。これからは気をつけるね」

「本当？」

「うん」

凛の頭を撫でて朝食とお弁当の準備を再開した。

朝の仕込みを終えた明子さんと文博さんにも気づかれちゃったけれど、凛と同じように説明するとどうにか納得してくれた。

「そういえば、ショッピングモールの近くに大型温泉施設を作るらしいぞ」

「そうなの？　ますますこっちに人が来なくなるわね」

朝食中、文博さんの話を聞いて明子さんはため息を漏らした。

「だけど、温泉に来るくらいならうちの商店街にも立ち寄る観光客がいる可能性もあるんじゃないかって話になって、会長たちはこれを機に客を呼び込む作戦を考えようとしている」

「そんなうまい話があるわけないじゃない」

「わからないだろ？　現に外国人観光客が物珍しさにうちの商店街に来るようになっ

たじゃないか。空き家になっている店を低価格で販売したり貸し出したりして、新たなテナントを募集しようかって案も出ている」

文博さんの話を聞いて、夢が広がる。

決して簡単なことではないけれど、もしかしたら以前よりも商店街は活気に満ちるかもしれない。

「何事も挑戦しないことには始まらないしな。うちも協力できることがあったらしていこう」

「そうね。これ以上商店街が廃《すた》れていくのを見たくないわ」

「そうだな」

それは私も同じだ。

「私にも力になれることがあったら、遠慮なく言ってくださいね」

商店街のためなら、どんなことだって力になりたい。

「ありがとう。萌ちゃんは英語も話せるし、もしかしたらお願いすることがあるかもしれない。その時は頼むよ」

「もちろんです」

商店街にお客さんが戻ってきたら、出店してみようと思う人も増えるはず。

「凛もやるー！」

話を聞いていた凛が手を上げて言った瞬間、私たちは顔を見合わせて笑う。

「そうだな、みんなで協力し合おう」

「凛も力になってね」

「うん！」

穏やかな雰囲気に包まれて、私たちはゆっくりと朝食をとった。

それから二週間後、話は大きく進んだ。なんでもショッピングモールを手掛けた会社が、シャッター商店街と言われているうちの商店街のことを知り、協力したいと申し入れがあったのだ。

温泉施設のオープンに合わせて、連携したキャンペーンの開催の提案をはじめ、なんと空き家に参入してくれる企業も募ってくれるそう。

「なんでも土産店やカフェ、宿泊施設も入るらしいぞ。そうなったら昔以上に栄えることも夢じゃない」

そう言って文博さんは連日夜になると、商店街の会合に顔を出して今後について話し合っている。商店街のみんなの表情も日に日に明るくなっていた。このままずっといい方向に向かってくれることを祈るばかりだ。

そんなある日の十一時半過ぎ、ちょうど客足が途絶える時間帯。

商品棚に残っているケーキを綺麗に並べ、売り切れてしまった商品札を下げていると、店のドアが開く音がした。

「いらっしゃいませ」

ショーケースから顔を上げてお客様に声をかけた瞬間、目を疑った。

商品札が手から滑り落ち、挟んでいた金属のクリップがカランカランと音を立てた。

「大丈夫ですか？」

心配そうに声をかけながら近づいてくる男性に目が釘付けになる。

五年が経ち、前よりも髪は伸びたしより大人の男性になっているけれど、私が彼を見間違えるはずがない。

たとえ、何年、何十年会わなかったとしても、どんなに姿が変わったとしてもすぐに気づける自信がある。

だから絶対に間違えていないはず。それなのに目の前の彼を見ると、その自信を失っていく。

「あの、大丈夫ですか？」

なにも言わずに凝視する私を不思議そうに見つめるのは、スーツを身にまとった遼生さん……だよね？

戸惑う中、厨房にいた文博さんが出てきた。

「いらっしゃいませ、碓氷さん。ようこそいらしてくださいました」

文博さんの話を聞き、やはり彼が遼生さんだと確信を持つ。

だってこんなにそっくりで〝碓氷〟っていう苗字の人なんて、そういないはず。

だったらなぜ彼は知らないフリをしているの？

それとも本当に気づいていないだけ？　たった五年しか経っていないのに、もう私のことなんて忘れてしまったの？

様々な感情が込み上げてきて、やり場のない怒りを鎮めるようにギュッと手を握りしめた。

「すみません、予定のお時間より早く来てしまい」

「いいえ、こちらこそお忙しい中ご足労いただき、本当にありがとうございます」

腰を低くして頭を下げる文博さんに戸惑ってしまう。

そんな私に気づいたのか、遼生さんはスーツの内ポケットに入っていた名刺入れから一枚取り、私に差し出した。

「ご挨拶が遅れてしまい申し訳ございません。はじめまして、このたび、商店街の再生プロジェクトを担当することになった碓氷不動産から来ました、碓氷遼生と申します」

「はじめまして……？」

思わず聞き返してしまった。だって〝はじめまして〟だなんて――。

知らないフリをして言っているなら、なんて残酷な言葉だろうか。

本当に気づいていないの？　毎日のように連絡を取り合い、十分でも会えるとわかれば会っていたのに忘れてしまったの？

名刺も受け取らずにジッと彼を見つめていると、次第に目頭が熱くなる。すると遼生さんは真剣な面持ちで私を見つめ返した。

「もしかして五年前、私と関わりがありましたか？」

「えっ？」

思いもよらぬことを聞かれ、返答に困る。

五年前に関わりがあったかを聞くなんて、どういうこと？

彼の真意がわからなくて答えられずにいると、話を聞いていた文博さんが「どういう意味ですか？」と聞いてくれた。

するとě生さんは目を伏せ、ゆっくりと口を開いた。

「実は五年前、交通事故に遭ってから一部の記憶を失ってしまったんです」

「失ったって……記憶喪失ってことですか？」

聞き返した文博さんに対し、遼生さんは小さく頷いた。

「本当に一部だけなんです。身近な人のことは憶えていましたし、生活するにあたっての記憶も残っていました。その一部の記憶がなんなのか、誰のことなのかもわからない状態でして……」

遼生さんの話は本当なの？

すぐには受け入れることができず、言葉が出ない。そんな私の隣で文博さんは心配そうに声をかけた。

「それは大変でしたね。お身体は大丈夫なんですか？」

「はい、幸い大きな怪我は負わなかったので。ただ、記憶に関しては医者からは無理に思い出そうとしないほうがいい。なにかのはずみで急に思い出すこともあるからと言われましたが、一向に思い出せずにいて……」

思い出せないことが悔しいのか、遼生さんは唇を噛みしめた。

どう見たって遼生さんが嘘を言っているようには思えない。

しかし遼生さんが記憶喪失で私のことを忘れていたとしても、それが私と別れる前なのか別れた後なのかまではわからない。

でも一方的に別れを切り出されたメッセージは、たしかに彼から受け取った。その時までは私を覚えていたことになる。遼生さんが私を振ったことには変わりないのだ。

「そうでしたか」

そう言うと文博さんは困惑した表情で私を見た。

「萌ちゃん、もしかして碓氷さんは……」

文博さんがそこまで言いかけた瞬間、私は遮《さえぎ》るように声を上げた。

「すみません、あまりに碓氷さんが私の知り合いに似ていたので、びっくりしちゃっただけなんです。……碓氷さんとは、今日、初めてお会いしました」

きっと文博さんは察したのだろう。それによく見れば、やっぱり凛は遼生さんに似ている。艶のある真っ黒な髪も、アーモンドの形をした薄焦げ茶色の瞳もそっくりだ。

「そう、ですか。……すみません、変なことをお聞きしてしまい」

残念そうに肩を落とした遼生さんに、「こちらこそすみませんでした」と謝罪し、床に落ちたままの商品札を拾った。

「そろそろ明子さんの休憩が終わる時間ですし、お客さんも来そうにないので先にご飯食べてきますね」

「あ、あぁ。そうだな。そうしてくれ。俺は碓氷さんと話してから食べるよ」

「はい、わかりました」

商品札を片づけて、困惑する遼生さんに精いっぱいの笑顔を向けた。

「驚かせてしまって本当にすみませんでした。改めて商店街のことをよろしくお願いします」

「……はい、こちらこそよろしくお願いします」

彼から向けられた優しい笑みは昔と変わっていなくて、泣きそうになる。

「失礼します」と早口で捲《まく》し立てて二階へと急いだ。

明子さんがいるキッチンには行かず、寝室に駆け込みドアを閉めると、私は力が抜けてその場に座り込んでしまった。

「ふっ……うぅっ」

そして次の瞬間、ポロポロと涙が溢れて止まらなくなる。

まさかこんな形で遼生さんにまた笑いかけてもらえたなんて……。

彼の優しい笑顔が大好きだった。声も仕草もすべてが大好きで、たまらなくて。もう二度と会えないと思っていたのに。

「こんな再会なんて、望んでいなかったのに」

神様がいるとしたら聞きたい。どうしてこんなにも残酷なかたちで私と彼を再び引き合わせたのですか？と——。

重なる幸せな日々

この日の夜、文博さんと事情を聞いた明子さんに『凛が寝てから話がしたい』と言われた。

その席で聞かれたことは、やはり遼生さんのことだった。

「やっぱり碓氷さんが凛の父親だったのか」

私の話を聞いた文博さんは、ポツリと漏らして椅子の背もたれに体重を預けた。

「それにしても記憶喪失だなんて……。文句を言ってやりたくても言えないなんてずるいわね」

「俺だってそうさ。いつか凛の父親と対峙《たいじ》する日がきたら、一発殴ってやろうと思っていたのに……」

そう言ってふたりは深いため息を漏らした。

「しかし複雑な気分だよ。付き合いは短いが、碓氷不動産の御曹司だっていうのに低姿勢で、俺たちの話を親身になって聞いてくれる人なんだ。そんな人が萌ちゃんにあんなひどいことをしたなんてな」

文博さんがそう言いたくなるのも頷ける。私だって彼があんな別れ方をする人だとは夢にも思わなかった。

でもそれは現実に起こったことで、確実に私は遼生さんに振られたのだ。

「とにかくどんな人だろうと記憶を失っている以上、私たちはなにも知らないフリをして接するしかないわね。碓氷さんがこっちにいるのもそんなに長くはないんでしょ？」

「あぁ、一ヵ月ほど滞在すると言っていたし、その後は本社がある東京に戻るだろう。できるだけ打ち合わせは店以外でやってもらうようにするよ」

「そのほうがいいわ。なにがきっかけで記憶を取り戻すとも限らないし、間違っても凛と会わせないようにね。凛、碓氷さんに似ているんでしょ？　凛を見て思い出す可能性も捨てきれないんだから」

「わかってる」

ふたりの話を聞きながら、五年ぶりに再会した遼生さんのことばかり思い出してしまう。

遼生さんは私と別れてから、どんな風に生きてきたのだろうか。私と駆け落ちするために進めていた引継ぎの話も嘘だったのかな。

だから今、あんなに生き生きとした表情で仕事をしているのだろうか。

いや、そんなこと私にはもう関係のないことだ。一ヵ月しか滞在しないのなら、うまくいけば顔を合わせることはないはず。

文博さんも打ち合わせは店ではやらないって言ってくれたし、外を歩いていて顔を合わせることもないだろう。

「大丈夫？　萌ちゃん」

なにも言わずにいたら、ふたりは心配そうに私を見つめていた。

「あ、ごめんなさい。……大丈夫です」

これ以上ふたりに心配かけないように笑顔を取り繕った。

「悪かったな、俺が碓氷さんを店に呼んじまったばっかりに」

申し訳なさそうに言う文博さんに慌てて「文博さんはなにも悪くありません」と伝えた。

「ただ、偶然が重なっただけです。だから気にしないでください。それに気をつけていればもう二度と会うことはありませんし」

「萌ちゃん……」

気丈に振る舞っているのがバレバレだったようで、ふたりは私を見て眉尻を下げた。

「今は凛もいないんだから、無理しなくてもいいのよ？」

「そうだぞ、萌ちゃん。……つらい時は素直に泣いたらいい」

ひとりで日中たくさん泣いたはずなのに、ふたりの優しい言葉に目頭が熱くなる。

「ありがとうございます。でも本当に私なら大丈夫です！　だってこんなにも私と凛のことを大切にしてくれる明子さんと文博さんがいるんですから」

そうだよ、ふたりのためにも過去は吹っ切るべきだ。このタイミングで再会したのも、いい加減に遼生さんのことは忘れて、凛との幸せな未来を生きなさいって意味なのかもしれない。

すると急に手で目を覆い、文博さんが泣き出した。

「萌ちゃん、泣かせることは言わないでくれよ。歳なのか、涙もろくて仕方がない」

文博さん……。

「嫌ね、あなたったら。凛が見たら笑われるわよ」

「涙が勝手に出てくるんだからしょうがないだろ」

そんなやり取りをするふたりを見たら、自然と頬が緩んでしまった。

今までは遼生さんが心に棲《す》み付いていることは仕方がないと思い、ズルズルと想いを残していたところがある。

届かない想いを抱えて生きていく私をきっとふたりは望んでいないはず。だからこれからはちゃんと遼生さんを忘れるための努力をしよう。言い合いをするふたりを見ながら強く誓ったものの……。

「こんにちは、萌ちゃん」

「……いらっしゃいませ、碓氷さん」

開店してから客足が少なくなる十一時過ぎにやって来たのは、遼生さんだった。

「今日はなににしようかな」

そう言って彼はショーケースに並ぶケーキを眺める。

一週間前の、再会した次の日。彼は再び店にやって来た。文博さんに用事があるわけではなく、ただ客としてケーキを買いにきたと言ったのだ。そんな遼生さんから逃げることなどできず、私は従業員として接客した。

社交辞令でケーキを買いに来てくれただけで、これでもう来ないと思ったが、それは大きな間違いで次の日も、そして次の日も同じ時間にやって来てはケーキを一個買っていく。それが一週間続いている。

文博さんも、お客として来る遼生さんになにか言えるわけもなく、こうして毎日顔を合わせていた。

すると遼生さんは文博さんや明子さんと同じように私のことを〝萌ちゃん〟と呼ぶようになった。

最初に呼ばれた時は〝昔初めて彼に呼ばれたことを思い出して心臓が止まりそうなほどびっくりした。そして今は呼ばれるたびに胸を痛ませている。

チラッと彼を見ると、顎に当てている左手が目にいってしまう。

薬指に指輪はない。正直、五年も経つわけだし結婚していると思っていた。なんせ彼はあの碓氷不動産の御曹司だ。

許嫁がいたとも聞いていたし、五年前、番号を変えたときにかけた電話に出た女性が許嫁だと思っていた。その人と結婚するために私に別れを切り出したと思っていたのだけれど……違ったのかな？

気になるけれど、彼とはもう関わらないと決めた以上、聞くことではない。それに聞いたって現実はなにも変わることはないのだから。

今の遼生さんには私との記憶がないとしても、私は彼にはっきりと振られたのだ。それに今さら凛の存在を知られたら、様々な問題が降りかかり、凛を苦しめることになりかねない。

「あ、今日はショートケーキが残っている。でもモンブランも食べてみたいんだよな」とにかく遼生さんが東京に戻るまで、客と店員の立場でいればいいんだと自分に言い聞かせるものの、真剣な表情でケーキを選ぶ姿を見ていると、どうしても昔を思い出してしまう。

遼生さんは甘い物が大好きな人だった。出会ったばかりの頃は甘党なのを必死に隠していたよね。

私がネットで有名になったパフェを食べに行きたいって提案したことがあった。口では「付き合うよ」と平静を装っていたけれど、目を輝かせて口角は心なしか上がっているようにも見えた。

あの時はいつもクールに見える遼生さんが子供みたいな反応をするので、笑いをこらえるのに必死だったな。

結局のところ、実際に食べに行った席で彼があまりに美味しそうに食べるから私にバレてしまったけれど。

その時の遼生さんは恥ずかしそうだったな。でもそれをきっかけに私も遼生さんもお互い素の自分を見せ合おうってなって、ますます好きになっていったんだ。

今の遼生さんは甘党なことを隠していないんだね。それとも私はなんとも思っていない相手だから、隠すほど恥ずかしくないってことなのかもしれない。

「だめだ、決められない。萌ちゃんのオススメはなに？」

「え？　私のですか？」

急に尋ねられて驚きの声を上げると、遼生さんはショーケースから私に目を向けた。

「あぁ、決められそうにないから萌ちゃんのオススメを教えて」

「……っ」

困ったようにはにかむ姿に、胸がギューッと締めつけられる。

その表情も何度も見て鮮明に覚えている。……五年経っても変わっていないんだね。

気を緩めたら泣いてしまいそう。

「本当に私のオススメでいいんですか？」

「うん、お願い」

期待の眼差しを向けられ、私が文博さんの作るケーキの中で一番好きな季節のフルーツタルトを指差した。

「私はサクサクのタルト生地に、カスタードクリームとフルーツがたくさんのったフルーツタルトが大好きなんです。甘酸っぱくて何個でも食べられちゃいます」

昔も迷って決められないから、オススメを聞かれた時に同じことを彼に伝えたことがある。その時、たしか遼生さんは……。

「そっか。じゃあ出ているだけ買っていこうかな」

「えっ？」

「だって萌ちゃん、何個でも食べられちゃうんでしょ？」

屈託のない笑顔で言う今の遼生さんと、昔の遼生さんが重なる。

そうだった、以前も遼生さんは『店に出ているだけ買っていこう。だって何個でも食べられちゃうんだろ？』って言っていた。

記憶を失っていても、同じ言葉が返ってくるなんて……。

複雑な気持ちが込み上げてきて、鼻の奥がツンとなる。

「出ているだけだと五個もありますけど、本当におひとりで食べられるんですか？」

平静を装って聞いたら、遼生さんは「さすがに食べすぎかな」と頭を悩ませた。

「いや、やっぱり買っていこう。それとチョコレートケーキとモンブランを二個ずつと、マカロンとシュークリームを五個ずつも」

「そんなにたくさんですか？」

いつもはひとつかふたつしか買っていかないのに。もしかして手土産用だろうか。

「贈答品でしたら、ラッピングいたしましょうか？」

「いや、大丈夫だよ。ただ、同僚にもここのケーキが美味しいって知ってほしくて。……だから、こっちにいる間は店に通い続けてもいいかな？」

「えっ？」

どうして私にそんなことを聞くの？　それは遼生さんの自由なのに。

意味がわからずにいると、遼生さんは眉尻を下げた。

「俺が萌ちゃんの知り合いに似ているって言っていただろ？　もしかしてその人のことを思い出すのが嫌で、俺とは会いたくないのかなって思ってさ」

「そんなことはっ……！」

ないとは言い切れず、言葉が続かなくなる。だって遼生さんに会うたびに嫌でも昔の幸せだった頃の記憶を思い出してしまい、胸が苦しくなるもの。

すると遼生さんはますます困ったように眉尻を下げた。

「なんとなくそんな気はしていたけど、やっぱりそうだったんだ。まぁ、似ているものは仕方がない。……でもその人と俺はまったくの別人だってことはわかってほしい」

「……はい」

ある意味、彼の言っていることは正しいのかもしれない。同一人物でも遼生さんには私の記憶が残っていないのだから。

複雑な気持ちで返事をすると、遼生さんはホッとした表情を見せた。

「よかった。萌ちゃんに『顔を見たくないから二度と来ないでください！』って言われたらどうしようって思っていたんだ」

心から安堵しているのが伝わってきて戸惑う。

だって遼生さんが関わっている商店街のプロジェクトが終われば、彼は東京に戻る。そうすればきっともう二度と会うことはないだろう。

私たちはそれだけの関係のはずなのに、なぜそんな顔をするの？

遼生さんがなにを考えているのかわからなくて、ますます混乱してしまう。すると彼は言葉を選ぶようにゆっくりと話しだした。

「萌ちゃんとはまだ知り合って間もないのに、なぜか会って話をするだけで幸せな気持ちになるんだ」

「幸せな気持ち、ですか？」

思わず聞き返すと、遼生さんは照れくさそうに頬を指で掻く。

「変に思われるかもしれないけど、萌ちゃんといるだけで心が温かくなって、不思議とパワーが漲《みなぎ》ってくるんだ。だから毎日でも萌ちゃんに会いたいと思う」

「あ、もちろんここのケーキは毎日でも食べたいほど美味いっていうのもあるけど」

と慌てて付け足して言う彼に、胸の奥が熱くなる。

遼生さんに振られたものの、心のどこかで少しは彼も私と過ごした日々に幸せを感じてくれていたと信じたかった。

だって一緒に過ごした日々がすべて偽りだとは思えなかったし、少しずつ彼の心が離れていたとしても、たしかに私は遼生さんに愛されていたと思いたかった。

でもそれは間違いではなかったのかな？　私と過ごして幸せだと感じてくれた瞬間もあったんだよね、きっと。

一気に彼との幸せな日々が脳裏に浮かび、こらえきれずに涙が頬を伝った。

「えっ⁉　萌ちゃん？」

突然泣き出した私に遼生さんはギョッとし、急いでポケットからハンカチを手に取った。

「すみません、大丈夫です」

「ううん、使って。手で擦ったら傷がつくから」

遼生さんは手を伸ばして、ハンカチで優しく私の涙を拭ってくれた。その表情からは心から私のことを心配しているのが伝わってきて、ますます涙が止まらなくなる。

「ごめん、俺が変なことを言ったせいかな？」

「ちがっ……！　違います」

そうじゃない。……ただ、遼生さんとの過去を思い出しすぎただけ。

「その、ちょっと……えっと、昔、ある人に同じようなことを言われたことがあって。それで……」

あまりに彼が悲しげに言うから必死に言い訳を並べた。でも嘘は言っていない。遼生さんのことを思い出して涙が溢れてしまったのだから。

「だから気にしないでください」

「でも……」

今ここで、彼との過去を打ち明けたら遼生さんは思い出してくれるだろうか。思い出した後も、こんな風に優しく接してくれる？

なぜあんな別れ方をしたのか、これまでどうやって生きてきたのか、本人は目の前にいてすぐに聞くことができるのにそれができないのがもどかしくもある。

聞いて彼が記憶を取り戻したら、この街で凛を育てようと決めた自分には戻れなくなりそうで怖いから。

もちろんそんなことを聞いたってどうにもならないことはわかっているけれど、記憶がない。それがこんなにも私を苦しめる。

いっそすべて覚えていて、直接遼生さんから「愛想《あいそ》が尽きたから振った」とか、「やっぱり萌では、俺とは見合わなかったんだ」って言ってくれたら気持ちに区切りをつけられるのに。

いつまで経っても泣き止まない私に遼生さんは困惑しながら涙を拭い続ける中、店のドアが開いた。

「こんにちは、萌ちゃん。ちょっとお菓子の詰め合わせをお願いしたいんだけど……」

店に入ってきたのは和泉君で、私たちを見て足を止め、大きく目を見開いた。

「萌ちゃん？」

「あっ……」

突然のことに私も遼生さんも固まってしまう。すると我に返った和泉君は遼生さんを睨みつけた。

「あんた、萌ちゃんになにしてるんですか……！」

和泉君は勢いよく近づいてきて遼生さんの腕を掴んだ。和泉君のあまりの剣幕に私は慌てて止めに入る。

「違うの、和泉君！　碓氷さんは勝手に泣き出した私を慰めてくれていただけなの」

「だって、萌ちゃんが……っ」

「本当に違うから」

強く否定すると和泉君はやっと信じてくれたようで、「手荒なことをしてしまい、すみませんでした」と言いながら遼生さんの手を離した。

「いいえ、大丈夫です」

遼生さんも戸惑いを見せたが、少し経って笑顔を作った。

「ところでこちらの人はどなた？　ずいぶんと萌ちゃんと親しそうだけど……」

遼生さんは素早く名刺入れを手に取り、和泉君に一枚差し出した。

「申し遅れました、こういう者です」

受け取った和泉君は名刺を見て「あ、父さんが言っていたあのプロジェクトの……」と声を漏らした。

「現地調査のために訪れた際に一度ケーキを買わせていただいたところ、大変美味しくて気に入ってしまいまして。通っているうちに萌さんとも顔見知りになって」

すると和泉君は、遼生さんに渡された名刺にもう一度目を落とした。

「そうだったんですか。じゃあどうぞお先に買ってください」

そう話す和泉君は、どこか訝しげに遼生さんを見る。

「ありがとうございます。じゃあ萌ちゃん、さっき注文したものをお願いしてもいいかな？」

遼生さんに言われ、突然のことの連続でうっかりメモを取り忘れたことを思い出す。

「すみません、もう一度お願いしてもいいですか？」

申し訳なく思いながら言うと、遼生さんは嫌な顔せずに答えてくれた。

今度はしっかりとメモを取り、商品を箱に詰めている間、和泉君は遼生さんを厳しい目で見つめていて、重苦しい空気が流れる。

そんな殺伐とした雰囲気を打破するように、厨房にいた文博さんがやって来た。

「萌ちゃん、そろそろ休憩だけど……あれ？　碓氷さんに和泉君も来ていたんですね」

遼生さんの姿を見て、文博さんは慌てて帽子を外して店に出てきた。

「いつもありがとうございます」

「いいえ、こちらこそ美味しいケーキをいつもありがとうございます」

遼生さんに微笑みながら言われ、文博さんは心配そうにチラッと私を見る。

「萌ちゃん、あとはなにを詰めればいい？　手伝うよ」

「すみません、助かります」

文博さんに手伝ってもらい、手早く商品を準備していく。

「碓氷さん、お待たせしました」

袋ふたつ分の商品を渡すと、なぜか遼生さんは複雑そうな表情で私から和泉君に目を向けた。

「ありがとう」

「こちらこそたくさんお買い上げいただき、ありがとうございます。……それと、さっきは本当にすみませんでした」

彼の前で泣いてしまったことを改めて謝罪すると、遼生さんは首を横に振った。

「俺でよかったらいつでも話を聞くから、なにかあったら遠慮なく言って」

「は、い……。ありがとうございます」

大丈夫かな。今の私、ちゃんと笑うことができている？ 泣きそうな顔になっていないよね？

「それじゃ、また」

「ありがとうございました」

深く頭を下げると、遼生さんはもう一度「またね」と言って店から出ていった。

扉が閉まると同時に和泉君が声を上げた。

「ただの客にしては馴れ馴れしすぎない？」

「そう、かな？」

なんて答えたらいいのかわからず、言葉を濁しながら「和泉君は焼き菓子だっけ？」と話を変えた。

「うん、母さんが久しぶりに会う友達に渡したいらしくて。おまかせで三つ用意してもらってもいい？」

「かしこまりました」

話題が変わったことにホッと胸を撫で下ろして焼き菓子を選ぼうとした時、和泉君が文博さんに話しかけた。

「ねぇ、おじさん。あの碓氷って人、よくここに来てるの？」

「えっ!?　あ、いや、まぁ……そうだな。うちのケーキを大層気に入ってくれたようで」

「ふ～ん……」

そう言いながら今度は私に話しかけてきた。

「萌ちゃん、さっきは本当になにもされていなかったの？」

「なにもって……なにかあったのか？　萌ちゃん」

勢いよく私を見た文博さんに慌てて答えた。

「なにもないですよ。ただ、その……昔の知り合いの人に言われた言葉とそっくりなことを碓氷さんに言われて、それでなんか思い出しちゃって」

　そこまで言うと文博さんは察してくれたようで「そうだったのか」とか細い声で呟いた。

「和泉君にも余計な心配をかけちゃってごめんね」

「いや、俺は萌ちゃんになにもなかったならいいんだ。……俺だって話を聞くことはできる。だから遠慮なくいつでも頼って」

　和泉君は困っている人がいれば、迷いなく手を差し伸べることができる優しい人だ。これまで何度助けられてきたか。

「ありがとう。じゃあその時はよろしくね」

「あぁ、約束だぞ？　あ、そうだ！　約束で思い出した。今度の土曜日、父さんに言って休みをもらったから凛ちゃんとふたりで公園に遊びに行ってもいいかな？」

　約束と言われ、私も凛と和泉君が交わした言葉を思い出した。

「もちろんいいけど、和泉君が大丈夫？　せっかくの貴重な休みなのに」

「貴重な休みだからこそ凛ちゃんと遊ぶんだよ。あ、ちなみにふたりっきりで遊びたいから、萌ちゃんは来なくていいからな？」

　なんて言うけれど、優しい和泉君のことだ。私が翻訳の仕事をしたり少しでも休めたりできるように気遣ってのことだろう。

「了解です。邪魔者は仕事に勤《いそ》しませていただきます」

「うん、そうして」

選んだ焼き菓子を綺麗にラッピングしていく。

「おまたせしました」

会計を済ませた和泉君に商品を手渡した。

「ありがとう。じゃあ土曜日の……そうだな、十時頃に迎えに来るよ」

「うん、わかった。凛に伝えておくね」

「よろしく」と言って和泉君は大きく手を振りながら帰っていった。その後ろ姿を見送った後、文博さんは「凛が帰ってきて聞いたら喜ぶな」と顔を綻ばせた。

「はい、凛は和泉君のことが大好きなので大喜びすると思います」

その時の凛の様子が容易に想像できて頬が緩む。

「和泉君は相当凛に好かれているからな。青果店の後継ぎとして立派に成長したし、俺としては和泉君になら萌ちゃんと凛を任せてもいいと思っている」

明子さんも前に同じようなことを言っていたけど、やっぱり文博さんも同じ気持ちなのかな。

「まぁ、ただのおせっかいおじさんのひとりごとだと思って聞き流してくれていい。ごめんな、変な話をして」

「いいえ、そんな」

明子さんも文博さんも、私と凛のことを想ってのことだとちゃんとわかっている。……わかっているからこそ、和泉君と一緒になり、幸せになってほしいというふたりの望みを叶えてあげられなくて申し訳なく思う。

「さ、そろそろあいつも戻ってくるだろうし、萌ちゃんも休憩に入ってくれ」

「はい、それじゃお先に上がらせてもらいますね」

「あぁ、お疲れ」

それから文博さんに店番をお願いして休憩に入ったものの、様々な思いが頭をよぎってゆっくりと休むことはできなかった。

保育園に迎えに行くと、凛は園庭で友達と遊んでいるところだった。

最初は友達ができるか不安だったけれど、今では私が来たことにも気づかないほど夢中で遊んでいる。

無邪気な姿を微笑ましく眺めていると、先生に呼ばれた凛は私に気づき、笑顔で駆け寄ってきた。

「ママー！」

「おかえり、凛」

スピードを緩めることなく駆け寄ってきた凛を優しく抱き留めた。

「今日も楽しかった？」

「うん、みんなでねーお絵描きしたんだよ。それとおやつにはね、クッキーが出たの」

身振り手振り説明する凛が可愛くて仕方がない。

凛を下ろして先生から一日の様子を教えてもらい、荷物を受け取った。

「凛ちゃん、また明日ね」

「うん！　先生、さよーならー」

先生に向かって大きく手を振った後、凛は私の手をギュッと握った。

「帰ろうか」

「うん！　おうちに帰ろー」

手を繋いで歩き出すと、ちょうど凛の友達も父親が迎えにきたところで、帰るところだった。

「凛ちゃん、バイバーイ！」

「うん、佳那《かな》ちゃんまたねー」

たしか佳那ちゃんもうちと同じひとり親世帯だった気がする。

「あのね、佳那ちゃんのパパの料理はおいしくないから、いつもお外に食べに行くんだよ。今日はハンバーグを食べるって佳那ちゃん言ってた」

「そうなんだ」

「うん。……急に佳那ちゃんのママがいなくなっちゃったから、パパがすごーく頑張ってるんだって」

「……そっか。えらいね、佳那ちゃんパパ」

保育園に通う子供の中には、様々な事情を抱えている家庭の子も多い。うちもそうだけれど、佳那ちゃんの母は一年前に病死したと聞いている。

それから男手ひとつで育てているらしく、凛から話を聞くに大変そうだ。

「ママも、パパがいなくて悲しいよね」

「えっ？」

凛がポツリとそんなことを言ったものだから、思わず足が止まってしまった。すると凛は顔を上げて真っ直ぐに私を見つめた。

「だって凛のパパも痛い病気でいなくなっちゃったんでしょ？……ママも悲しいし、

パパも痛い痛いだったね」

「凛……」

そう、だよね。私……凛に聞かれないことをいいことに、ちゃんと父親の存在を話したことがなかった。

それなら佳那ちゃんのママのように、病気で亡くなったと勘違いしても仕方がない。それはよくないことだ。

小さく息を吐き、凛と目線を合わせるように膝を折った。

「ごめんね、凛。ママ、ちゃんと凛のパパについて話していなかったね」

「凛のパパはもういないんでしょ？」

小首を傾げる凛に、首を左右に振って否定をした。

「ううん、ちゃんといるよ」

「本当⁉」

パッと目を輝かせた凛に、ズキッと胸が痛む。

やっぱり口には出さなかっただけで、父親という存在を恋しく思っていたのかもしれない。

「凛のパパはどこにいるの？」

目をキラキラさせる凛には忍びないけれど、ちゃんと伝えるべきだ。そう自分に言い聞かせて、どうしたら凛が傷つかないか、必死に頭の中で言葉を見繕う。

「凛のパパはいるけどね、もう会うことができない人なんだ」

「え、凛……パパに会えないの？」

凛の表情はガラリと変化し、今にも泣きそうになる。

「ごめんね、凛。決してパパが凛に会いたくないってわけじゃないの。……全部ママが悪いの」

「どうして？　ママはなにも悪くないでしょ？」

「ううん……ママのせいなの。パパと会わせてあげられなくてごめんね」

遼生さんは私が妊娠していたことを知らない。いくら別れた後だといっても、ふたりの子供なのに、彼の了承を得ることなくひとりで出産した。

だからどんなことがあろうと、絶対に遼生さんに凛の存在を明かすつもりはない。

彼の家系が家系だけに、後継者争いなどに巻き込まれる可能性もある。凛にはただ、幸せになってほしい。

「でもね、凛のパパはすっごく素敵な人でカッコよくて、とても優しい人だったの。今も誰かのために一生懸命お仕事を頑張っているのよ」

少しでも凛の父親は素敵な人だったとわかってほしくて伝えると、凛は「本当？」と大きな声で聞き返した。

「凛のパパ、すごいね！」

「うん、すごい人だったよ」

たとえひどい振られ方をしたとしても、遼生さんは素敵な人だった。優しくて真面目で思いやりがあって……。彼の長所すべてが偽りだったとは思えない。

「そっかー。……会えないのは悲しいけど、でも凛にはママがいるから寂しくないよ。だからね、ママ。ママはなにも悪くないからね？」

私を慰めるように凛は背伸びをして私の頭を撫でてくれた。

小さな手が頭上で行き来するたびに、目頭が熱くなっていく。

「ありがとう、凛。ママもね、凛がいるから悲しくも寂しくもないんだ。凛と毎日一緒にいられてすっごく幸せなの」

涙が溢れそうになり、凛を抱きしめた。

「凛も幸せだよー」

同じように抱きしめ返してくれた凛に、愛おしさが込み上げる。

「ふふ、ありがとう」

今は会えない理由を詳しく話すことはできないけれど、凛がしっかりと物事を判断することができる年齢になったら、すべてを打ち明けよう。

遼生さんとの出会いから別れ、彼がどんな立場にいる人で、その娘であるということがどういう状況なのか、包み隠さずに全部話そう。

「あ、そうだ凛。和泉君がね、今度の土曜日に一緒に遊ぼうって言ってたよ」

「えぇー！　本当？　やったー！　楽しみー」

「よかったね」

「うん！　あ、和泉君と凛のふたりで遊ぶから、ママは来ちゃだめだよ」

和泉君と同じことを言われ、思わず笑ってしまった。

「わかったよ。ふたりの邪魔はしないから」

「絶対ね」

「はーい」

どちらからともなく手を取り合い、凛が大好きなアニメの主題歌を歌いながら帰路についた。

それから二日後の金曜日。この日は明子さんと文博さんの結婚記念日ということで、レストランを予約して私からプレゼントした。

ふたりとも喜んでくれて文博さんはスーツを、明子さんはワンピースを着てオシャレをして出かけていった。

「あっこばあとふみじい、キラキラしていたね」

タクシーに乗って出かけていったふたりを外に出て見送った後、凛が吐息交じりに言うから頬が緩んでしまった。

「そうだね」

たしかに凛の言う通り、今日のふたりはキラキラと輝いていた。

「それじゃママと凛もそろそろ出かけようか」

「うん！」

この前、佳那ちゃんが外食しているのを羨ましがっていたから、せっかくの機会だし私と凛も外で食べることにした。もちろん食べるものはハンバーグだ。

「凛ね－、チーズが入ったやつ食べるの。佳那ちゃんがおいしいって言ってたんだ。それとアイスも食べたいな－」

「アイスはハンバーグを食べてから凛のお腹と相談しなくちゃだね。いっぱいだったら食べられないでしょ？」

「そうだね。食べてからだね」

手を繋いで商店街の端にある洋食店へと向かった。

ここには明子さんたちと四人で度々食べに来ている。文博さんと店主は昔からの知り合いで、よく私たちが来るとサービスと言い、決まっておまけを付けてくれるのだった。

「はい、凛ちゃん。エビフライも食べてね」

やはり今日も凛のハンバーグにエビフライのトッピングをサービスしてくれた。

「わぁー！　エビフライだ！　凛、大好き！」

「それはよかった。いっぱいお食べ」

「おじさん、ありがとう！」

満面の笑みでお礼を言った凛に、店主は嬉しそうに頬を緩めた。

「いつもすみません」

「いいんだよ、気にしなくて。あ、もちろん萌ちゃんにもエビフライをサービスしたからね」

「ありがとうございます」

少し遅れて運ばれてきた和風ハンバーグには、凛と同じようにエビフライが付いていた。

「よかったね、ママもエビフライもらえて」

「そうだね、よかった」

ソファ席に並んで座り、ふたりで手を合わせて、さっそく美味しいハンバーグに舌鼓を打つ。

「おいしいー」

「あ、凛。口に付いてるよ」

凛の口に付いたご飯粒を取り、付け合わせの野菜もバランスよく食べるよう促す。

時刻は十九時前。少しずつ混雑してきた店内にまた新たな来客があった。

「いらっしゃいませ。おひとり様ですね、空いているお好きな席にどうぞ」

店員の元気で大きな声が店中に響く。少しして聞き覚えのある声が聞こえた。

「あれ、萌ちゃん？」

ドキッとしながら声がしたほうに目を向けると、そこには遼生さんが立っていた。

私だと確信をしたのか、彼は駆け寄ってきた。

「やっぱり萌ちゃんだ。まさか偶然会えるとは思わなかったからびっくりしたよ」

笑顔の彼に対し、私は突然の事態に驚き固まってしまう。

だってまさかここで遼生さんと会うとは夢にも思わなかったから。どうしよう、凜……！

咄嗟《とっさ》に凜を隠そうとしたものの、それはなんの意味もないことだとすぐに気づく。

初対面のふたりはお互いを見つめ合っていた。

「ママ、このカッコいいお兄ちゃんはだれー？」

私の手をトントンしながら聞いてきた凜に、どう説明したらいいのか戸惑う。

「えっと……ママってことは、萌ちゃんの娘さんなんだね」

戸惑っているのは遼生さんもだった。凜を見て、どう思っただろうか。

彼の反応が怖くて、下手に言葉を発することができなくなる。

「ごめん、突然現れて迷惑だったよね」

そう言うと遼生さんは凜を見つめた。

「もしかしてそろそろお仕事が終わったパパも来るのかな？　それなのに邪魔しちゃってごめんね」

「あっ……！」

どうやら彼は私が既婚者だと勘違いしたようだ。いや、子供がいたら当然そう思うはず。

誤解を解こうとしたが、思いとどまる。

だって遼生さんとは、彼が東京に戻ればなにも接点がなくなる。それなのに、わざわざ否定することはないのでは？

むしろ誤解されたままのほうがいいのかもしれない。

そんな思いが頭をよぎり、なにも言えずにいると凛が口を開いた。

「ううん、凛にはパパがいないからお兄ちゃんは邪魔じゃないよ。ね？　ママ」

「えっ？　あ……うん、そうだね」

凛に言われたら、肯定するしかない。すると遼生さんは目を見開いた。

「パパはいないって……本当？」

「うん、本当だよ。凛、嘘つかないもん」

少し怒り気味に言った凛に対し、遼生さんはすぐに「ごめんね、疑ったりして」と謝った。

「そっか、そうだったんだ。ごめんね、萌ちゃん」

「いいえ、そんな。大丈夫です」

今のところ、遼生さんは凛を見てもなにも感じていなそう。でも長時間一緒にいたらわからない。自分と似ていると気づかれてしまう可能性もある。

ここは一刻も早く離れてほしいものの、どうやって言えばいいのやら。

「あのさ、もしよかったら一緒に食べてもいいかな？」

「えっ！　一緒にですか⁉」

思いもよらぬことを提案され、つい大きな声が出てしまった。

そんな、三人で食事だなんてとんでもない！　絶対に断るべきなのに、遼生さんの話を聞いた凛は目を輝かせた。

「お兄ちゃんも一緒に食べてもいいよね、ママ」

「えっと……」

薄焦げ茶色のアーモンドアイでふたりとも見つめてくるものだから、どうしたらいいのかわからなくなる。

いや、断固拒否するべきだけれど、その理由が思いつかない。それにここで断ったりしたら遼生さんに変に思われてしまう可能性もある。だったらここは受け入れるのが得策だよね？

苦渋の決断を下し、「はい、もちろんです。どうぞ」と伝えた。

「ありがとう、お邪魔します」

嬉しそうに言うと、さっそく遼生さんは私たちとテーブルを挟んで向かい合うかたちで腰を下ろした。そして興味津々に凜を見つめる。

「はじめまして、凜ちゃんって呼んでもいいかな？」

「うん、いいよ。お兄ちゃんのお名前はなんて言うの？」

「ごめんね、先に言わなくて。碓氷遼生っていいます」

遼生さんから名前を聞くと凜はすぐに「じゃあ、りょーせー君ね」って言った。

「うん、そうだよ。可愛いな、凜ちゃんは」

凜がうまく遼生と呼べないところがツボにはまったようで、遼生さんは愛おしそうに凜を見つめる。

その姿に複雑な思いで心が埋め尽くされていく。

絶対に会わせないようにと気遣っていたのに、ふたりを引き合わせてしまった。でもまだ遼生さんに気づかれていない。どうにか今を乗り切れば大丈夫だよね。

「えへへ、ママー。凜、可愛いって」

遼生さんに褒められたのが嬉しかったようで、凜は照れくさそうに私の服の裾を掴んだ。

「うん、凜は可愛いよ」

動揺を隠しながら凜に答えた。

するとと店員がお冷を運んできて、すぐに遼生さんはチーズハンバーグを注文した。

「りょーせー君、凛と同じだ」

「うん、凛ちゃんが食べているのを見たら食べたくなっちゃった。真似してごめんね」

「ううん、いいよ。一緒に食べよう」

「ありがとう」

普段から凛は人見知りしないほうだけれど、ここまで会ってすぐに打ち解けた人はいなかった。

最初は少し相手を警戒するのに、「りょーせー君はエビフライ好き?」とか、「りょーせー君は何歳なの?」など次々と質問をしている。

それに対し、遼生さんはひとつひとつ丁寧に答えてくれた。そして今度は遼生さんが凛に質問をしてくれた。それも凛が彼にした同じ質問を。

気づかれたらどうしようって焦る気持ちもあるけれど、それ以上にふたりが言葉を交わす未来なんて永遠に訪れないと思っていたから、今がまるで夢のようで信じられない気持ちのほうが大きい。

彼と交際していた頃は、よく将来について夢を膨らませていた。結婚したらどんな家に住みたいか、子供は何人欲しいか。

遼生さんは、男の子だったら一緒にスポーツや、アウトドアをしたいって言っていた。そして女の子だったら、可愛くてひたすら甘やかしてしまうかもしれないって言っていたよね。

「凛ちゃんは好き嫌いなくなんでも食べて偉いね」

「うん！　だって好き嫌いしたらね、大きくなれないから」

「そっか、本当に偉いな」

遼生さんに「可愛い」「偉い」って言葉をたくさん言われて、凛は上機嫌だ。

もし……、もしも彼と別れずにいたら、こうして三人で過ごす未来があったのだろう。その未来は、こんな風に温かいものだったのかな。

夢のような時間が嬉しくも悲しくもあり、胸が苦しくてたまらない。

何度も涙が出そうになるたびに必死にこらえながら食べ進めていった。

「あー、美味しかった。ママ、お腹いっぱいだね」

「そうだね」

デザートのアイスクリームまで食べて、凛は満足げにお腹を撫でた。その姿に私と遼生さんの頬が緩む。

食後少し休んだし、そろそろ帰る頃合いだ。さり気なく身支度を整えていると、急に遼生さんが立ち上がった。

「凛ちゃんと萌ちゃんと一緒に食事ができて楽しかったから、そのお礼にここは奢らせて」

「えっ？　そんな！　大丈夫ですから」

「いいから」

慌てて私も立ち上がったものの、一足早く彼に伝票を持っていかれてしまった。

「凛、帰ろうね」

「うん」

凛の身支度も整えて急いでレジへと向かうが、会計は済まされていた。

「凛ちゃん、またおいで」

「うん！　またハンバーグ食べにくるねー」

手を振る凛に応えながら店主は私と遼生さんを交互に見て、意味ありげに微笑んだ。

「萌ちゃんと男前の兄ちゃんもまた一緒に来てくれよな」

店主の顔を見るに、私と遼生さんが親しい関係だって勘違いされている気がする。

「はい、ありがとうございます」

しかし動じずにナチュラルに返事をした遼生さんに、店主は小首を傾げた。

「あ、あぁ」

そっか、変に誤魔化したり慌てたりしたら余計に誤解されるだけ。肯定も否定もしないことがベストなんだ。

「また食べに来ますね」

遼生さんを見習って返事をし、三人で店を出たらすぐに私はバッグからお財布を出した。

「あの、私と凛の分の食事代は払います。いくらでしたか？」

「本当にいいから。凛ちゃんの前だし、俺にカッコつけさせて」

そう言われては、お財布をしまうしかなさそうだ。

「食事代を支払っていただいてしまい、すみませんでした」

改めて伝えると、遼生さんは「謝らないで」と言って続けた。

「本当にふたりと食事をできて楽しかったんだ。だから〝すみません〟じゃなくて〝ありがとう〟が嬉しい」

「あっ……」

思わずまた「すみません」と言いそうになり、口を結んだ。

「ありがとうございます。ごちそうさまでした」

「ごちそーさまでした！」

私を真似てお礼を言った凛に対し、遼生さんは目線を合わせるようにしゃがみこむ。

「どういたしまして。また凛ちゃんに会いたいからよかったら一緒に食事したり、どこか出かけたりしよう」

「本当？　凛もまたりょーせー君に会いたい！」

嬉しそうにピョンピョンとジャンプする凛に、私はどうしたらいいのかと戸惑う。

「嬉しいことを言ってくれるな。じゃあさっそく今週の日曜日に凛ちゃんとママと俺の三人で動物園にでも行こうか」

「行くー！　凛、絶対に行く‼」

三人で動物園だなんてとんでもない……っ！

話が話だけに慌てて間に入った。

「碓氷さんの貴重な休日をいただくわけにはいきません。凛、動物園には今度ママが連れていってあげるから」

「えぇー、凛はママとりょーせー君の三人で行きたいのにー」

しゅんとなる凛の姿を見たらチクリと胸が痛んだが、凛のためでもあると自分に言い聞かせる。

「碓氷さんは普段、お仕事で疲れているの。お仕事がお休みの日は身体を休めないと。凛だって保育園お休みの日はゆっくり寝ているでしょ？」

「そうだけど……」

腑に落ちない様子で凛はチラッと遼生さんを見る。すると彼はゆっくりと立ち上がった。

「萌ちゃん、俺なら大丈夫だよ。むしろ貴重な休みだからこそ萌ちゃんたちと過ごしたいんだ」

「えっ？」

少しだけ照れくさそうにはにかむ姿に、ドキッとなる。

「せっかく凛ちゃんとも知り合えたんだ、もっと仲良くなりたい」

彼は今、どんな気持ちで言っているのだろうか。なぜこんなにも私と接点を持とうとするの？　だって私たちは赤の他人だ。商店街のプロジェクトが終われば、遼生さんは東京に戻るんでしょ？　それなのに……。

遼生さんとは関わらないのが一番だとわかっているのに、会うたびに心が大きく乱されてばかり。

「それとごめん、勝手に決めちゃって。実は前から雪国《ゆきぐに》動物園に行ってみたかったんだ。こっちに知り合いも少ないし、さすがにひとりで行く勇気もない。だから予定が空いていて、萌ちゃんが嫌じゃなければ付き合ってほしいんだけど……」

「うん、いいよ！　凛が一緒に行ってあげる。ママも行ってあげるよね？　りょーせー君がかわいそうだよ？」

私の手を引っ張って一生懸命に訴えてくる凛に、だめとは言えない雰囲気だ。

どうしよう、行ってもいいのかな？　よくよく考えれば、遼生さんは私との記憶を完全に失っている。

私と恋人関係だったことも忘れているのだから、自分に子供がいるとは夢にも思わないのかもしれない。……いいのかな？　凛もすごく行きたそうだし、それに私も一度だけでいいから凛と遼生さん、三人で出かけてみたい。

さっき、三人での食事がすごく楽しかったからか、余計にその気持ちが大きくなっていく。

「日曜日なら、ママも凛もお休みだよ？　だから行けるよね？　ね？」

潤んだ目でお願いをされ、私は白旗を上げた。

「うん、そうだね。三人で動物園に行こうか」

　私の話を聞き、凛は両手を上げてジャンプをしながら大喜びした。そして遼生さんも嬉しそうに頬を緩めて「ありがとう、今から楽しみだ」と言うから、心の奥がくすぐったい。

「それじゃなにかと不便だから連絡先を交換しよう」

　そう、だよね。待ち合わせ場所や時間などを決めるのに、連絡先は交換するべきだ。頭では理解できているのに、一度は消した彼の連絡先をまた入れることになるとは……。複雑な気分になる。

「だめかな？」

　返事をせずにいると、遼生さんは私の様子を窺いながら聞いてきた。

「あ、いいえ！　大丈夫です。すみません、ボーッとしてました」

　慌てて携帯を手に取ると、遼生さんはホッと胸を撫で下ろした。

「ありがとう」

　彼と連絡先を交換すると、新しいアカウントだった。アイコンはもちろん昔とは違い、綺麗な青空の写真だった。

　前はお互いお揃いで買ったコップの写真をアイコンにしていたんだよね。懐かしいな、よく遼生さんの部屋で一緒に珈琲を淹れて飲んでいたっけ。

「よし、じゃあ帰ろうか」

「うん！」

すると凛は自然と遼生さんと私の間に立って、それぞれの手を握った。

「えっ？」

「り、凛ちゃん？」

戸惑う私たちを交互に見て、凛は嬉しそうに笑った。

「いいでしょ？　凛が真ん中でも。和泉君の時と同じでしょ？」

「それはそうだけど……」

和泉君と一緒に歩く時も、凛が私と和泉君と手を繋いでいる。たしかに同じだけれど、和泉君と遼生さんとでは、私にとっては全然違う。すごく、すっごく特別なことだよ。

まるで本物の家族みたいで、ありえたかもしれない未来のひとつだと思うと、泣きそうになる。

「とにかく帰ろうか」

「は、はい。そうですね」

凛の歩幅に合わせて歩き出す。

「凛ねー、白くまさんが見たいの。りょーせー君はなにが見たいの？」

「そうだな、俺も白くまさんが見たいな」

「本当？　じゃあ約束ね。絶対一緒に見ようね」

「わかったよ」

他にも凛は遼生さんと当日、一緒にお昼ご飯を食べること、手を繋いで歩くことなど様々な約束を取りつけた。

「それじゃまた日曜日に」

話をしていたらあっという間に家に着き、凛は名残惜しそうに遼生さんと繋いでいた手を離す。

「うん、また日曜日にね」

「ありがとうございました」

凛とともに遼生さんを見送る。彼は何度も振り返って手を振り続けてくれた。

「ママ、日曜日が楽しみだね！」

「……そうだね」

その日の夜、さっそく遼生さんからメッセージが届いた。

【今日はどうもありがとう】から始まるメッセージに、思わず「ありがとうはこっちなのに」と声が漏れてしまう。

道内とはいえ、雪国動物園までは車で二時間ほどかかる。それに日曜日だと混雑するだろうから、七時に家まで遼生さんが迎えに来てくれることになった。

彼はさっそくレンタカーを借り、凛のためにチャイルドシートを取り付けるよう注文してくれたらしい。

【楽しみにしてるよ】のメッセージ文を、布団に入ったが「日曜日が楽しみで眠れないよー」と言う凛を寝かしつける前に読んで、昔、彼と話したことを思い出した。

結婚生活や子供のこと、お互いの理想の将来についてよく語り合っていた。その中で彼は子供はふたり欲しいと思っていて、ひとり目は女の子がいいと言っていたよね。

愛情をたっぷり注いで、その子がお姉さんとしての自覚が持てる五歳頃にもうひとり欲しいとも言っていた。ふたり目は男の子がいいと。

子供が生まれたら一緒にお弁当を作って、色々な場所に連れていってたくさん遊ぼうって話していたっけ。一番最初に連れていく場所は動物園がいいって言っていた気がする。

きっと雪国動物園にも食事をするところはあると思うけれど、凛と一緒に作ったお弁当を三人で食べるのも楽しそうだ。きっと三人で出かけるのは最初で最後。だったら思い出に残る一日にしたい。

「凛、雪国動物園に行く時、ママと一緒にお弁当を作ってみる？」

寝つけずにいる凛に聞いたところ、すぐに目を輝かせて「作る！」と即答した。

「凛、絶対にママとお弁当作る！」

作ると繰り返す凛に笑みを漏らしながら、「じゃあ日曜日に備えて、早く寝よう」と言えば、凛は「そうだね、お弁当作るから、今からいっぱい寝ておかないと」なんて可愛らしいことを言い、ギュッと目を瞑った。

少しするとスヤスヤと規則正しい寝息が聞こえてくる。

「凛にとって、素敵な一日になりますように……」

そう願いを込めながら、私も眠りに就いた。

そして迎えた日曜日。いつもは寝坊助《ねぼすけ》の凛だけれど、私より先に目を覚ましていた。

「ママ、見てー！　おにぎりできたよ」

「本当だ。上手に三角に握れたね」

「えへへ。これはねー、りょーせー君の分ね！　次はママのを作るから待っててね」

「ありがとう」

凛にお弁当を持っていかない？と提案した次の日から、さっそく凛となにを作るか一緒に考えた。その時間、すごく楽しかったな。

「ママの玉子焼きおいしいもんね。りょーせー君もびっくりすると思うよ。あ、唐揚げもね！　それとお肉とポテトのやつも好き」

「凛、いつもおいしいって言って食べてくれるもんね」

「うん！　だって本当においしいもん。りょーせー君もおいしいって言ってくれるよ、絶対！」

力説する凛に笑みが零れる。

「あら凛、偉いわね。ママのお手伝い？」

「うん！　凛がおにぎり作ってるの」

「それはすごいな」

ケーキ作りを終えた明子さんと文博さんがキッチンに入ってきて、凛が握ったおにぎりを興味深そうに眺める。

遼生さんと偶然にも会ってしまったこと、凛が懐いて三人で出かけることになったことを伝えると、ふたりは複雑そうだった。

あれほど私と関わらないように、凛と会わせないようにしていたのに、ふたりは結び付いてしまう。目に見えない強力な磁石が私と遼生さんについているのでは？　なんて言われてしまった。

そして遼生さんが記憶を失ったことにも、なにか意味があるのかもしれない。凛が懐いたのも、やはり本当の父親だから幼いながらになにかを察知したのかも……とも。

こうなってしまった以上、私が後悔しないように行動すればいいとも助言してくれた。それを聞いて、私はどうしたいのだろうと悩んだ。最後の思い出にと三人で出かけて、それで終わることができるのだろうか。

「楽しみだね、ママ」

「……うん」

遼生さんと凛、三人で出かけてこの先の未来がどうなるかはわからない。でも今日はただ、凛を楽しませることだけに集中すればいいよね。

そう自分に言い聞かせてお弁当の準備を進めた。

明子さんと文博さんに見送られて外に出ると、雲ひとつない青空が広がっていた。絶好のお出かけ日和だ。

「ママ、どうやって行くの？」

凛と手を繋いで商店街を抜けていく。

「車だよ。碓氷さんが運転してくれるって」

「そうなんだ」

彼は家まで迎えに来てくれると言ってくれたけれど、少しご近所の目が気になってしまい、商店街を抜けた先にある公園の駐車場で待ち合わせにしてもらった。

後ろめたい気持ちはないが、三人で出かけたことが広まったら色々と困る。変な噂が流れ、それが凛の耳にも入って傷つけるようなことにならないとは限らないから。

そんなことを考えながら凛と手を繋いで公園へ歩みを進めていると、駐車場には黒のワンボックスカーが停まっていた。

「あ、りょーせー君だ！」

車から降りて周囲を見回していた遼生さんに気づいた凛は、彼に向かって大きく手を振った。

「りょーせー君、おはよう～！」

凛の大きな声に気づいた遼生さんは、私たちに向かって笑顔で大きく手を振り返してくれた。

「おはよう」

その姿はまるで少年のようで頬が緩む。

駐車場に入り、車がいないことを確認して凛は私の手を離し、遼生さんのもとへ駆け出した。

「おはよ〜！」

勢いそのままに凛は遼生さんに抱きついた。

まだ一度しか会ったことがない遼生さんに対し、ここまで甘える凛の姿に驚きを隠せない。

「おはよう、凛ちゃん」

しっかりと凛を受け止めた遼生さんは、凛を抱っこしたまま立ち上がった。そして追いついた私を見て彼はすぐに凛にも目を向ける。

それも当然だ、今日の私たち三人の服装は色は違えど、被っているのだから。

「すごいね、ママ。りょーせー君ともお揃いだよ！」

「そ、そうだね」

動物園に行くということで、私と凛は動きやすいようにジーンズに淡い水色シャツを合わせてきた。それが少しシャツの色が違う以外、遼生さんもまったく同じなのだ。

まるで親子三人でお揃いコーデをしているよう。

「悪い、違う服で来ればよかったな」

「いいえ、それを言ったら私も同じですから気にしないでください」

とは言うものの、照れくさいというか気まずいというか……。お互い口を閉ざす中、凛が不思議そうに「ふたりとも、どうしたの？」と聞いてきた。

「ううん、なんでもないよ」

「ごめん、凛ちゃん。じゃあさっそく出発しようか」

そう言って遼生さんは後部座席のドアを開けてくれた。

凛をチャイルドシートに乗せて、私も隣に乗ろうとしたところ、遼生さんに止められた。

「凛ちゃんが大丈夫なら、萌ちゃんは助手席に乗って。俺、隣に誰か乗っていないと眠くなっちゃうんだ」

昔はそんなこと、一度も言わなかったよね？

「もしかして助手席だと酔っちゃう？」

「いいえ、そんなことはないですが……。わかりました。助手席に乗りますね」

凛のシートベルトがしっかりと締まっていることを確認してドアを閉める。たまに文博さんの車に乗せてもらう時も、後部座席にひとりでチャイルドシートに座っているから大丈夫だろう。

　すると遼生さんは紳士的に助手席のドアを開けてくれた。

「どうぞ」

「すみません、ありがとうございます」

　戸惑いながらも乗ると、ドアまで閉めてくれた。

「すごいね、りょーせー君！　まるで王子様みたい」

　彼が運転席に回っている間に凛は興奮気味に言ってきた。

「そうだね」

　そう答えながら複雑な気持ちになる。それというのも、遼生さんは昔から必ず車で出かける時は、さっきのようにドアの開け閉めをしてくれた。

　それは恋人である私にだけしてくれる特別なものだと自惚れていたけれど、違ったのだろうか。そう思うと落ち込む自分がいる。

「よし、じゃあ出発しようか。凛ちゃんが好きかなって思ってＤＶＤを借りてきたんだけど見る？」

「見るー！」

　遼生さんが用意してくれたのは、凛が好きなアニメだった。

「よく凛が好きだってわかりましたね」

びっくりして尋ねると、遼生さんは凛が履いている靴を指差した。

「あれを見て気づいたんだ」

凛が履いている靴は、アニメのキャラクターが描かれているもので、毎日履いているくらいお気に入りだから。

ＤＶＤを再生して、遼生さんは車を発進させた。

凛が退屈せずに長時間車に乗れるか心配だったけれど、ＤＶＤのおかげで助かった。

凛はずっと集中して見続けていた。

私はというと、久しぶりに遼生さんが運転する車の助手席に乗り、緊張している。

「今日は晴れてよかったね」

「そうですね」

さっきからずっと遼生さんが話題を振ってくれているけれど続かない。

昔は常に話題が尽きなくて、話したいことがたくさんあって時間が足りないくらいだったのに。

「萌ちゃんはどんな音楽を聞くの？」

「あ、えっと……」

好きなバンド名を挙げると、遼生さんはワントーン高い声で「俺も好きなんだ」と言う。

それからも好きな食べ物や休日の過ごし方などを聞かれ、すべてが昔と変わっていなかった。

私がそのバンドを好きになったきっかけは、遼生さんがファンだったからだ。好きな食べ物に関しては、優しい遼生さんが食事の際は、私の好みに合わせてくれていて、そうしているうちに遼生さんも同じものが好きになった。

映画もそう。私が翻訳の仕事を目指していたこともあり、洋画を見る際は必ず字幕なしで見ていた。私と出会うまでは吹き替えや字幕ありで見ていたのに、遼生さんもいつの間にか字幕なしで見るのが当たり前になっていったんだ。

「すごいな、俺と萌ちゃん。ここまで息が合うって珍しくないか？　とくに映画は吹き替えで見る人が多いだろ？　だから友達と一緒に映画には行けなくて、いつもひとりで見ていたんだ」

「たしかに英語に慣れていないと、字幕が付いていたとしても長時間観るのは疲れますよね」

記憶を失っても生活習慣は失われないものなんだ。運転する際、信号が赤に変わって停まると、左手は肘掛に置くのもそう。

些細なことだけれど、昔と変わらないところを発見するたびに胸が高鳴る。

次第に緊張は解けていき、遠いと思っていた二時間の道のりはあっという間だった。

雪国動物園に到着したのは、九時半過ぎ。駐車場に入るや否や待ちきれない凛は「早く行こう」と急かす。

「凛、車から降りたらちゃんと手を繋ぐのよ」

「はーい！」

返事だけは立派だけれど、本当にわかっているのだろうか。車の往来が激しいし、目を離さないように気をつけないと。

しかし凛は私の言いつけをしっかりと守り、車から降りると遼生さんと手を繋いだ。

「りょーせー君、今日はずっと凛と手を繋ぐんだよ？」

「もちろんそのつもりだよ」

笑いをこらえながら言った遼生さんは、後部座席のお弁当が入ったバッグを持ってくれた。

「碓氷さん、荷物は私が持ちますから」

凛と手を繋ぎ、さらには荷物まで持たせるわけにはいかない。しかし遼生さんは

「大丈夫だから」と言う。

「早く行こう」

「ママ、行くよー」

凛に手を引かれて歩き出した遼生さんに「ありがとうございます」と伝え、私もふたりの後を追った。

遼生さんが事前にチケットを購入してくれていたおかげで、スムーズに入園することができた。

「白くまさん！　早く、早く！」

まずは凛が真っ先に見たいと言うホッキョクグマの展示エリアへと向かった。初めて見るホッキョクグマに凛は大興奮。

「凛ちゃん、よく見えないだろ？」と言って、遼生さんは凛を肩車してくれた。おかげでよく見えたようでしばらくの間、凛の興奮がなかなか収まらなかった。

その後も凛が見たいという展示スペースから見て回っていく。こども牧場では、ウサギやモルモットと触れ合うことができ、初めて感じる生き物の体温や匂いに凛の目はキラキラと輝いていた。

「可愛いね、ウサギさん」

「そうだね」

膝の上にちょこんと乗っているウサギを驚かせないよう、小声で言いながら凛は優しく撫でる。

「りょーせー君のモルモットさんも触ってもいい？」

「もちろん」

凛はゆっくりと手を伸ばし、そっとモルモットに触れた。

「温かい！」

「そうだね、温かいね」

凛の反応に遼生さんはクスリと笑う。

「ママ、写真撮って！」

「はいはい、わかったよ」

遼生さんとの写真をお願いされるのは、今日で何度目だろうか。

ふたりでピースしている写真を撮っていると、飼育員に「よかったらご家族三人のお写真を撮りましょうか？」と声をかけられた。

断ろうとしたが、それより先に凛が「三人で撮ろう！」と言ったものだから、カメラを飼育員に渡した。

そして別の飼育員が私の膝にもウサギを乗せてくれた。

「ふふ、ご家族三人でお揃いコーデ、可愛いですね。仲がよろしくて羨ましいです」

到着してからというもの、同じことを何回も言われている。そうだよね、他人の目には仲が良い家族に見えるはず。

それが嬉しくもあり、せつなくもある。だって私たちは家族ではないのだから。

もちろんそれを一々説明するわけにもいかず、言われるたびに私も遼生さんも「ありがとうございます」と答えていた。

「それでは撮りますよ」

飼育員にカメラを向けられ、私たちは初めて三人で写真を撮った。

手洗いを済ませ、時間を確認したらそろそろ十二時になるところ。凛にお腹が空いていないか聞くと、「空いた！」という答えが返ってきた。

「けっこうな時間が経っていたね。お昼はどうしようか、凛ちゃんはなにが食べたい？」

お弁当を作ってきたことを知らない遼生さんは、マップを見て飲食店を探し始めた。

そんな遼生さんに凛は得意げに話し出した。

「あのね、りょーせー君。凛とママでね、お弁当を作ってきたんだよ」

「本当に？」

びっくりしながら遼生さんは私を見た。

「そうなんです。いっぱい作ってきたので、よかったら召し上がってくれませんか？」

内緒で作ってきたのはまずかったかな？　昔は手料理に対して抵抗がない人だったから気にしなかったけれど、いくらなんでもお弁当は距離を詰めすぎたかも。

なかなか返事がなく、確認しなかったことを後悔していると、遼生さんは口を手で覆った。

「ごめん、びっくりして……。まさか萌ちゃんと凛ちゃんの手作り弁当が食べられるとは夢にも思わなかったから嬉しいよ」

言葉通り、顔を綻ばせた遼生さんに胸がキュッと締めつけられた。

私の服の裾を掴んで引っ張る凛を見れば、満面の笑みになる。

「よかったね、ママ」

「……うん、よかったね」

あまりの遼生さんの喜びように驚く一方で、初めて手料理を振る舞った日のことを思い出してしまった。

昔は今ほど料理が得意じゃなくて、意気込んで煮込みハンバーグを作ったところ、味付けを失敗してしまい散々な仕上がりになった。それでも遼生さんは嬉しそうに完食してくれたよね。

広場に移動して、持ってきたレジャーシートを三人で広げる。その上でお弁当箱を開けると、凛がひとつひとつ遼生さんにおかずの説明をし出した。

「りょーせー君、最初は凛が作ったおにぎりから食べてね。それから凛の大好きなママの玉子焼きだよ」

「わかったよ、ありがとう」

いそいそと凛は紙皿におにぎりと玉子焼きをのせて遼生さんに渡した。

凛の言いつけ通り、まずはおにぎりから食べた遼生さん。

「ん、美味しい。美味しいよ、凛ちゃん」

「やったー！」

両手を上げて喜んだ凛は、早く玉子焼きも食べるように言う。その後も凛に言われるがまま遼生さんは食べてくれて、どれも美味しいって言ってくれた。

「ごちそうさまでした。すごく美味しかったよ」

「碓氷さんのお口に合ってよかったです。珈琲を淹れてきたのでよかったらどうぞ」

「ありがとう」

水筒から紙コップふたつに注ぎ、ひとつは遼生さんに渡した。

「あの、凛重くないですか？」

「全然。可愛い寝顔を特等席で見られて幸せだよ」

朝早くに起きたせいか、お腹がいっぱいになった凛は、遼生さんの膝の上で眠ってしまった。

「頭を撫でてもいい？」

「もちろんです」

私の許可を得ると、遼生さんは愛おしそうに凛の頭を優しく撫でる。その姿に胸が熱くなった。

彼はどんな気持ちで凛に触れているのだろうか。……いや、特に意味などない。ただ、単に凛を可愛いと思ってくれているだけだろう。

「俺の友達でも、結婚してもう子供が三人もいるやつもいるんだ」

「そうなんですね」

遼生さんは今年で三十一歳になるのだから、結婚していてもおかしくない年齢だ。ずっと左手薬指には指輪をしていないし、奥さんがいる様子も見られないから確認したことがなかったけれど、彼の今の恋愛事情はどうなっているのだろうか。

碓氷不動産の後継者だもの、見合う相手がもういるのかもしれない。

聞きたいけれど、なぜか聞くことに恐怖を覚えて声が出てこない。すると遼生さんは凛の髪に触れながら続けた。

「友達の子供に何度か会ったことがあるんだけど、そのたびに可愛いな、早く俺も欲しいと思うんだ。……だけど、なんだか俺はこのまま幸せになってはいけない気がするんだ」

「どういうことでしょうか？」

思わず聞き返すと、遼生さんは少しつらそうに表情を歪めた。

「家族や友人のことを覚えているのに、三年間の記憶だけを失ってしまった。その間に出会った人や出来事はなにも覚えていないんだ。現に働いていたはずなのに、事故後はほとんどその記憶がなかった。俺の同僚だという人が見まいに訪ねてきても思い出せなかった。せっかく築いた人間関係も得た知識も……すべて消えてしまったんだ」

一呼吸置き、遼生さんは苦しい胸の内を明かしていく。

「医者や家族は無理に思い出さなくてもいいと言うが、それではだめな気がするんだ。何か大切なことを忘れているようでたまらない。……でも思い出そうとするたびに激しい頭痛に襲われ、なにも思い出せないジレンマに悩まされている」

そう、だったんだ。再会してからの彼はいつも明るくて、そんな風に悩みを抱えているなんて思わなかった。

「頭痛を引き起こすのは、俺にとってよくない記憶だからじゃないかとか、周りが隠すほどのことをしてしまったのではないかと苛《さいな》まれてもいる。記憶を取り戻すまでは、結婚してはいけない気がするんだ」

遼生さんにとって私と過ごした三年間は、思い出したくもない記憶だったのだろうか。そう思うと、彼には申し訳ないけれど、このまま二度と記憶を取り戻してほしくないな。

思い出せないまま私たちと東京に戻るまで過ごして、いい思い出のまま離れたい。

そんな身勝手な思いが頭をよぎる。

「両親が会社のことを考えて早く結婚しろと勧めてくる相手がいるが、俺はこの人だと思える人と結婚したいんだ。三十過ぎた男がなにを言ってるんだと思われるだろうけど、運命の相手は必ずいると信じている」

それは昔、遼生さんに言われた言葉。ずっと彼は〝運命の出会い〟を信じていて、その相手が私だと言ってくれたよね。

記憶を失ったということは、それもすべて彼の中で消えた出来事。それがこんなにも胸を苦しくさせる。

かける言葉が思い浮かばず、口を結んでいると遼生さんはクスリと笑った。

「どうして俺がこの話を萌ちゃんにしたか、その意味をちゃんと理解してくれてる?」

「えっ?」

意味ってなに? ただ、話の流れで聞かせてくれただけじゃないの?

理解できずにいる私に、遼生さんは優しい声色で言った。

「萌ちゃんにはすべて知っていてほしいんだ。……俺、頑張って記憶を取り戻すから、待っていてほしい」

「それって……」

待って、どういうこと? ううん、まさか、そんな。

遼生さんの言葉の意味を理解しようと思えば思うほど混乱してしまう。

「冗談、ですよね?」

だって信じられる? 彼は私のことを忘れているのだ。それなのに、再び想いを寄せてくれているというの?

すると遼生さんは真剣な面持ちで口を開いた。

「冗談で言うわけないだろ? いや、冗談と思われても仕方がないか。……でもさ、誰かに惹かれるって時間とか理由とか、そういうのじゃないと思うんだ。出会った瞬間に〝あぁ、俺の運命の相手はこの子だ〟って感じるもので、実際に俺は萌ちゃんと初めて会った日に感じた」

すぐには信じられない話に言葉が出ない。

だって遼生さんにとったら、私とは出会って間もない。それなのに……。

「話をして萌ちゃんのことを知れば知るほど、その思いは大きくなっていった。だから金曜日に凛ちゃんとふたりでいるところを見た時は、ショックを受けたよ。でも既婚者じゃないなら、問題はないよな？　恋人も……いない？」

「いませんけど……」

戸惑う私に遼生さんは「それなら俺に凛ちゃんの父親になるチャンスを与えてほしい」と言う。

「東京に戻っても、頻繁にふたりに会いに来る。萌ちゃんと凛ちゃんに好きになってもらえるように努力したいんだ」

真っ直ぐな彼の思いに、気持ちが溢れ出す。

私……やっぱりまだ遼生さんのことが大好きなんだ。全然気持ちは薄れていない。むしろ再会してからもっと大きくなっている気がする。

本音を言えば、彼が記憶を失ったことを忘れて、また一から関係を始めたい。でも私には彼と過ごした三年間の記憶がある。

遼生さんと一緒になるということは、碓氷不動産の後継者の家族になるということでもある。

その立場がきっと私を、なにより凛を苦しませる可能性がある。それを知っていながら素直になることなんてできないよ。

それなのに彼の真っ直ぐな想いを拒否することもできない私は、なんて卑怯で弱虫なのだろうか。

なにも言えずにいると、遼生さんは「困らせてごめん」と謝った。

「返事は急がなくてもいい。ただ、これからもずっと一緒に過ごしてほしいだけなんだ。それだけで俺は幸せだからさ」

私もそうだった。遼生さんと一緒にいられるだけで幸せで、どんな生活が待っていようとも、彼がそばにいれば乗り越えられると信じていた。

でも先に裏切ったのは遼生さんだ。記憶を失っているとはいえ、また同じ裏切りに遭うかもしれない。

「だめ、だろうか」

不安げに聞かれ、拒否するべきなのに私にはそれができず、「だめじゃないです」と答えてしまった。

「よかった、ありがとう。……また今度、近いうちに三人で食事にでも行こう。凛ちゃんが起きたら食べたいものを聞かないとな」

嬉しそうに話す彼を見て、明子さんたちに言われた言葉が脳裏に浮かぶ。

私が後悔しない未来ってどんな未来なのだろうか。このまま遼生さんに事実を告げずに、ズルズルとそばにいること？　それとも彼が離れていくのを覚悟してすべて打ち明けること？　なにも言わず、関係を絶つことだろうか。

答えが出ない問題を出された気分だ。

少しして凛が目を覚まし、話は一時中断。すぐに凛が「見に行こう」と言い出し、慌ただしく片づけを済ませて展示スペースへと向かった。

一通り回った頃には十六時を過ぎていた。あたりも薄暗くなってきて、閉園時間が近づいている。

記念にと買ってもらった大きなホッキョクグマのぬいぐるみを抱っこしながら、凛は車の中で眠ってしまった。

遼生さんが運転する車で戻ってきたのは、十九時近くだった。車ではなにかと目立つため、朝同様、公園の駐車場で降ろしてもらった。

「すみません、碓氷さん。家まで凛を運んでいただいてしまい」

断ったものの、遼生さんが凛を家まで運ぶと聞かず、お願いしてしまった。商店街はほとんどの店が十九時前に閉まる。どこもシャッターが下りていた。

「いや、少しでも長い時間萌ちゃんと一緒にいたいから本望だよ」

サラッと甘い言葉を囁かれ、頬が熱くなる。

今が夜で本当によかった。昼間だったら赤面していることに気づかれていただろう。帰りの車内でも、会話は何度か途切れた。今もそう。私が緊張しているから言葉が続かないでいる。

それなのに彼の隣は不思議と居心地がよくて、家に着いたら帰ってしまうのが寂しく思うほど。自然と歩くスピードが遅くなる。

「今日、俺が話したこと、どうか忘れないでほしい」

「……はい」

忘れられるわけがないよ。だって大好きな人に告白されたのだから。

その後はお互い口を開くことなく家の前に着いた。

「それじゃまた連絡してもいい？」

「はい」

私の返事を聞き、遼生さんはホッとした顔を見せた。

「今日はありがとう。弁当もご馳走様」

「こちらこそ本当にありがとうございました」

寝ている凛を遼生さんから預かる。すると彼は気持ちよさそうに眠る凛の髪を優しく撫でた。

「凛ちゃんもまたね」

寝ている凛に挨拶をして、遼生さんは「おやすみ」と言いながらなぜか帰ろうとしない。

見送るべきだと思い戸惑っていると、遼生さんは眉尻を下げた。

「心配だから萌ちゃんが家に入ったら帰るよ」

「心配って、家の目の前ですよ？」

「そうだけど、なにがあるかわからないだろ？　だから最後までちゃんと見送らせて」

とことん優しい彼にまた好きって気持ちが大きくなる。

「わかりました。それではおやすみなさい」

このまま一緒にいたら、胸が高鳴っていることに気づかれそうで慌てて頭を下げた。

「あぁ、おやすみ」

そのまま踵《きびす》を返し、路地に入った先にある玄関のドアノブに手をかける。最後に彼を見ると、笑顔で手を振っていた。

気恥ずかしく思いながらも小さく手を振り返せば、逵生さんは嬉しそうに頬を緩める。その瞬間、胸が高鳴る。

再び小さく頭を下げて家の中に入ってからも、胸は激しく脈を打ち続けている。

どうしよう……私、昔よりもっと逵生さんのことを好きになっている。彼の記憶が戻ったら報われない想いだ。凛だって悲しませることになるのに。

溢れる感情を止める術がなく、しばらくの間、私は凛を抱いたまま玄関で立ち尽くしていた。

「ママひどい！　どうして起こしてくれなかったの⁉」

次の日の朝。凛は私よりも先に目を覚ますや否や、いつの間にか夜が明けていたことに驚き、半泣き状態で私に抗議をしてきた。

「ごめんね、凛がぐっすり眠っていたから」

「りょーせー君に、また会おうねって言いたかった。もう会えなかったらどうしよう……。凛、悲しいよ」

ポロポロと涙を零す凛に戸惑う。

「大丈夫だよ、凛。碓氷さん、また凛に会いたいって言っていたから」

「本当？」

涙を拭いながら聞いてきた凛に「本当」と力強く答えた。

「ご飯を食べに行きたいなって言ってたよ。今度、電話をして直接凛からなにが食べたいか言おうか」

「うん、言う‼　りょーせー君に電話する！」

表情をコロッと変えて笑顔で頷くと、凛は「わーい！」と言いながら私に抱きついてきた。

「なにがいいかなー」

「なにがいいだろうね」

凛の髪を撫でながら、愛おしい温もりを感じる。

よほど楽しみなようで、すっかりと涙は止まったようだ。

たった二回しか会ったことがないのに、なぜ凛はこんなにも遼生さんに懐いているのだろうか。

「ねぇ、凛。どうしてそんなに碓氷さんのことが大好きなの？」

気になって聞いてみると、凛はすぐに答えてくれた。

「りょーせー君はね、特別なの」

「特別？」

凛にとっての〝特別〟とは、いったいどういう意味だろうか。

その理由を凛は私から離れ、身振り手振り話し出した。

「王子様みたいにカッコいいし、最初からずっと好きだったの」

「最初から？」

「うん！　和泉君も保育園の竜君《りゅう》も好きだけど、りょーせー君はね、大好きなの。これくらい好きなんだ！」

　そう言って凛は両手を使って好きの気持ちを表現する。

「凛、これからもずーっとりょーせー君に会いたい」

「……そっか」

　その願いを叶えることは難しいと思う。しかし、その事実を凛に伝えることなどできず、私はただ彼女を抱きしめた。

「ママもりょーせー君に会いたいでしょ？」

「……うん、会いたい」

　私だって叶うのなら遼生さんとずっと一緒にいたい。凛と三人で本当の家族になりたいよ。

　でもそんな未来はきっと訪れることはないだろう。私と凛のことを好いてくれているのは、彼に記憶がないからだ。

　記憶を取り戻したら、遼生さんの態度は一変する可能性がある。そうなったら間違いなく凛は傷つくはず。

　そう思うと早くに遼生さんと離れたほうがいいに決まっているのに、凛の気持ちを聞いたらできそうにないよ。

「やっぱりー！　じゃあママも凛と同じだね」

「そうだね。さて、そろそろ保育園に行く準備をしようか」

「うん！　凛、着替え終わったらママのお手伝いをしてあげる」

「本当？　ありがとう」

頭を撫でながら褒めれば、凛は嬉しそうに笑う。

この子の笑顔をずっと守っていきたい。この思いは変わらないのに、その方法はどれが正しいのかわからなくなる。

着替えを済ませてふたりでキッチンへと向かい、まずは凛のお弁当作りに取りかかる。昨日作ってすっかり好きになったようで、率先しておにぎりを握り始めた。

その様子を見守りながらおかず作りを始める。少しして明子さんと文博さんが仕込みを終えて戻ってきた。

「おはよう。あら、今日も凛がお手伝いしてる」

「偉いな、凛」

ふたりに褒められて凛は得意げに話し出した。

「凛の作ったおにぎりね、昨日りょーせー君がおいしいって言ってくれたんだよ。だからまた今度作ってあげるために練習しているの」

凛の話を聞き、私たちは思わず顔を見合わせた。

そんな風に考えていたなんて驚きだ。

「そっか、じゃあ練習用おにぎりをふみじいが食べてやろう」

「本当？　今からにぎにぎしてあげるね」

「おぉ！　それは嬉しいな。ありがとう、凛」

さっそく文博さんのおにぎりを真剣に作り始めた凛に気づかれぬよう、明子さんが耳打ちしてきた。

「昨日はよく話を聞けなかったけど、大丈夫だったの？」

「はい。凛はすごく楽しんでいました」

「違うわよ、萌ちゃんのことを心配しているの！」

すぐに否定して明子さんはさらに声を潜めた。

「つらくなかった？　嫌な思いはしていない？　碓氷さん、あなたたちと遊んで記憶を取り戻したりしなかったわよね？」

答える暇もないほど質問され、たじろいでしまう。

「いいえ、そんなことはなにも。ただ……」

「ただ？」

「ただ、自分の気持ちやこの先のことがわからなくなりました」

言葉を詰まらせたら、すかさず聞いてきた明子さんに今の正直な胸の内を明かした。

「昨日の凜を見て、どの選択が凜を幸せにできるのかもわからなくなっちゃって。今、頭の中を必死に整理中です」

「……そっか」

私が言いたいことが伝わったのか、明子さんは小さく息を吐いた。

「そうね、凜の幸せを考えたら色々と悩むわよね。だけどね、凜も萌ちゃんも幸せじゃないとだめ。だから今は悩んでいいと思う。将来に関わることなんだから、たくさん迷って納得がいく答えを出しなさい」

「明子さん……」

いいのかな、明子さんの言うように今は選択肢はひとつじゃないと思っても。遼生さんと三人で幸せな毎日を過ごす未来を夢見てもいい？

「それに碓氷さんに記憶が戻らないなら、新しい記憶で塗り替えていけばいいのよ。大切なのは今、誰もが幸せであること！　それを肝に銘じなさい」

「……はい」

優しく背中を撫でられ、朝から泣きそうになってしまった。

ちゃんと考えて向き合ってみよう。自分の気持ち、凛の幸せ、そして今の遼生さんと——。

それから、いつも通り四人で和やかな朝食を済ませ、凛と保育園に向かった。

三日後——。

凛を保育園に送り出した後は店に立ち、昼食後はいつものように翻訳の仕事に取りかかる。

しかしその途中、何度も遼生さんのことを考えては手が止まっていた。

集中できず、一度作業を止めて椅子から立ち上がり、ストレッチをする。ふと、壁に貼ってあるポスターに目がいく。

それは遼生さんと初めて出会った時に鑑賞したミュージカルのポスター。

ポスターを見ていると、初めてこの公演を観た時の感動と彼との思い出が次々と頭の中を駆け巡り、懐かしくも寂しい気持ちになる。

「新しい記憶で塗り替える、か」

三日前に明子さんに言われた言葉が口をついて出てしまう。

遼生さんは失った記憶が戻らない可能性もあるって言っていたよね。それなら明子さんの言う通り、また一から彼と関係を始めてみてもいいのかな？　だけどそれってどうなの？　私はすべてを知っているのに騙しているみたいじゃない？

ゆっくり近づき、少し色褪《あ》せたポスターに触れる。

「そもそも遼生さんに事実を告げないままでいいの……？」

今の彼は、自分の子供だと知らずに凛のことを受け入れようとしてくれている。だけど告げたら記憶を取り戻し、凛を突き離す可能性もある。

それとも自分の子供は特別に思う？　私から凛を奪うこともあり得るのだろうか。

やはり考えれば考えるほど正解が遠退いていく。そうこうしている間に時間は流れ、凛を迎えに行かなくてはいけない時間になっていた。

実は昨夜に遼生さんと連絡を取り、土曜日のお昼に三人でランチに行く約束をした。

凛がリクエストしたのはパンケーキ。「りょーせー君と半分こするんだ」って嬉そうに話していた。

文博さんから聞いた話によると、プロジェクトの準備は順調に進んでおり、きっとそろそろ彼は東京に戻る頃だろう。

遼生さんは会いに来ると言っていたけれど、そう頻繁には来られないはず。

そうなったら凛は寂しがるだろう。私は……どうなんだろう。

店に立つ明子さんに凛を迎えに行くことを告げて家を出た。そして商店街を進んでいくと、青果店が近づいてきた。

店先には和泉君が立っていて、私に気づいた彼は大きく手を振る。

「萌ちゃん」

「お疲れ様、和泉君」

青果店には客は誰もおらず、和泉君は品出しをしているところだった。

「凛ちゃんの迎え？」

「うん。今日は早めに行こうと思って」

「そっか」

いつもは十六時から十七時の間くらいに行くけれど、今日は仕事が思うように進まず、十五時に家を出た。

「だったら少し時間ある？」

「あるけど……」

すると和泉君は店の奥にいる、彼の父である店長に声をかけた。

「父さん、少し店を空けてもいいかな？」

「なにー！　これから忙しくなる時になにを言って……っ！」

険しい顔で大きな足音を立てて奥から出てきた店長は、私を見るなり顔を綻ばせた。

「萌ちゃんじゃないか！　おう、店は任せてゆっくりふたりでお茶でもして来い」

店長もなにかと私と和泉君をくっ付けようとするひとりだ。あっさりと許可が下り、和泉君は苦笑いしながら「行こう」と私に声をかけた。

「すみません」

店長に小さく頭を下げて和泉君と青果店を出ると、背後から店長の大きな声で「ゆっくりデートしてこいよー」と、とんでもない言葉が聞こえてきた。

「悪い、父さん変なことを言って」

「ううん、大丈夫」

もしかして和泉君も家で私との仲を色々と言われているのかな？　だったらなんか申し訳ない。

そんなことを考えながら和泉君の後を追って向かった先は、よく凛と遊びに来る公園だった。

和泉君は真っ直ぐにブランコへ向かい、ふたつあるブランコに座った。そして私にも座るよう促す。

「ブランコなんて久しぶり」

「そうなの？」

「うん、凛と一緒に来たら私はいつも押す係だから」

「なるほど。俺はいつも凛ちゃんを膝に乗せてふたり乗りしているんだ」

お互いゆらゆらとブランコを漕いでいると、和泉君が言いにくそうに切り出した。

「土曜日、凛ちゃんが『明日、りょーせー君と遊びに行くの』ってそりゃもう嬉しそうに話していてさ。俺はてっきり保育園のお友達だとばかり思っていたんだけど、もしかして凛ちゃんの言う〝りょーせー君〟って碓氷さんのことだった？」

「……うん」

なぜ和泉君が急に遼生さんのことを話し出したのか戸惑いながらも答えると、彼は力ない声で「そっか」と呟いた。

「昨日、お客さんが日曜日の夜に、凛ちゃんを抱っこした男性と萌ちゃんが三人で歩くところを見たって聞いてさ。それで気になって」

「そうだったんだ」

あの時、すれ違った人はいなかったから誰にも見られていないと思っていたけれど、違ったようだ。

「だけど、いつ凛ちゃんと知り合ったんだ？　碓氷さんはまだこっちに来て間もないよな？」

「なんか一度会っただけで凛がすごく碓氷さんに懐いちゃって」

「それだけで三人で出かけたりする？　萌ちゃんは嫌じゃなかったの？　前もなんかワケアリっぽい雰囲気だったけど、もしかしてあいつに脅されているとか？」

和泉君は和泉君なりに心配してくれているのだろう。そんな彼にすぐに「ううん、まさか！」と否定したが、納得してくれない様子。

「じゃあなんで三人で出かける流れになったの？　萌ちゃんだって知り合ったばかりだろ？」

「それは……」

どう説明したらいいのかわからず、言葉に詰まる。でも和泉君が納得いく話をするには、きっと遼生さんとの関係を話さないことには始まらないだろう。

適当な理由を並べて乗り切る方法だってある。……だけど和泉君には、こっちに来てから色々とお世話になった。そんな彼に嘘をつきたくない気持ちもある。

それに和泉君になら話しても大丈夫じゃないだろうか。決して口が軽い人ではないし、私にとって信用できる存在でもあるのだから。

その思いが強くなり、和泉君に遼生さんとのことからすべて打ち明けた。

「そうだったんだ。凛ちゃんは碓氷さんとの間にできた子だったんだ」

途中、何度も驚いた表情を見せながらも、和泉君は最後まで口を挟むことなく話を聞いてくれた。そしてすべてを話し終えると、彼は頭を抱えながらため息交じりに呟いた。

「……うん」

「だけど信じられない話だな。だって碓氷さんは萌ちゃんのことを覚えていないんだろ？　それなのにまた出会って、恋に落ちるとかさ。……なんかもうそんな話を聞かされたら、運命としか言いようがない気がする」

運命、なのだろうか。だけどそれは残酷な運命でもあると思う。だって私と凛は人並みに幸せに暮らせていたはず。

遼生さんと再会したことによって、この幸せがどうなるのかわからなくなったのだから。

「それで萌ちゃんはこれからどうするつもり？」

「まだわからない。私もどうしたらいいのか……」

素直な胸の内を明かすと、和泉君は急に勢いよく立ち上がった。

「なにに悩んで迷っているの？　答えは簡単じゃん！　言いなよ、碓氷さんに全部」

「えっ？」

思いもよらぬ話に目を瞬かせる私に、和泉君は力強い声で続けた。

「どんな理由であれ、凛ちゃんにとって碓氷さんは父親だろ？　ふたりとも事実を知らないまま過ごすなんて酷だと思う。このまま黙っていたっていいことなんてなにひとつない。もちろん萌ちゃんが不安になる理由もわかる。だけどさ、俺は碓氷さんが萌ちゃんに別れを告げたのには、なにか理由がある気がしてならない」

そう言うと和泉君は拳をギュッと握りしめた。

「記憶を失い、それでも再び同じ人を好きになるってことは、それだけ碓氷さんにとって萌ちゃんは大切な存在だったと思う。普通はあり得ないことだよ。それになにより萌ちゃんがすべてを打ち明けて、その上で碓氷さんと幸せになりたいって思っているんじゃないの？」

「それは……」

図星でなにも言い返せなかった。和泉君の言う通り、私がこんなにも悩んでいるのは、遼生さんと幸せになりたいと望んでいるからだ。

再会してから、改めて私はまだ遼生さんのことが好きなんだって思い知らされた。

でも……。

「凛のことを考えたら、打ち明けることなんてできないよ」

「それは萌ちゃんの考えであって、凛ちゃんは違うかもしれない。だから俺は事実をありのまま伝えるべきだと思うよ」

間髪を容れずに言われた言葉が、胸の奥深くに突き刺さる。

私……凛のことを考えているつもりだったけれど、それはすべて私自身の考えだった。凛の気持ちをなにも聞いていない。

「まぁ、突然現れた見ず知らずの男が、俺よりも凛ちゃんに懐かれちゃってるのはちょっぴり悔しいけど、凛ちゃんはすごく碓氷さんのことが大好きみたいだし、自分のパパだって知ったら喜ぶんじゃないかな？　俺らにとっても両親は唯一無二の存在であるように、凛ちゃんにとってもそうだろう。どんなことをされたって嫌いにはなれない存在じゃない？」

「……そう、かもしれないね」

遼生さんとの結婚に反対され、私は両親と縁を切るつもりで家を出た。けれど、決して嫌いになったわけではない。むしろ申し訳ないと思っていた。

どんなことがあったって、両親のことは嫌いになれないと思う。……それはきっと、凛も同じはず。

「じゃあ早く碓氷さんに打ち明けて、遠回りした分、家族三人で幸せになってよ。そうでないと、俺は両親や商店街のみんなから延々と『萌ちゃんと凛ちゃんを早く幸せにしろ』『男を見せろ』って言われ続けるんだからさ」

冗談交じりに言った和泉君は、ぐんと背伸びした。

「だけどもし打ち明けて、碓氷さんが萌ちゃんと凛ちゃんを拒絶したなら、俺が幸せにしてあげるから」

「えっ？」

ドキッとする言葉に彼を見れば、いつになく優しい眼差しで見つめられていることに気づき、胸がとくんと鳴る。

また冗談、だよね？　まさか和泉君が私を……なんてことはないはず。

「だから怖がらずに話してみなよ。言わずに後悔するより言って後悔したほうがいい。それに俺という保険がいるんだから安心でしょ？」

最後に白い歯を覗かせて笑う姿を見て、やっぱり冗談だったのだとわかり、ホッと胸を撫で下ろした。

「ありがとう、和泉君」

和泉君のおかげで答えが出た気がする。

「ふたりに打ち明けてみようと思う。事実を聞いたふたりがどう思うかわからないけど、私は三人で幸せになりたいって気持ちもちゃんと伝えたい」

私の話を聞き、和泉君は目を細めた。

「……うん、それがいいと思う」

ゆっくりと立ち上がり、深く深呼吸をした。

本音を言えば、これが正解だと自信を持っては言えないけれど、私もやらずに後悔するよりやって後悔するほうがいい。

それにどんな結末を迎えようとも、凛を幸せにする。その気持ちはあの子を生むと決めた時から変わらない。

遼生さんに拒絶されたとしても、彼の分まで私が凛を幸せにすればいいだけだ。

「凛ちゃんの迎えに行くんだろ？　もしかしたら迎えに行けるのもあと少しになっちゃうかもしれないし、俺も一緒に行ってもいい？」

「もちろんだよ。凛、喜ぶと思う」

予想通り和泉君とふたりで迎えに行くと、凛は大喜びした。そして帰り道に凛は和泉君に遼生さんの話をしていて、今度の土曜日にパンケーキを食べに行くことも嬉しそうに話していた。

その姿を見てますます遼生さんに話をしようと心に決めた。

そう意気込んで迎えた土曜日の昼下がり。

「はい、りょーせー君、あーん」

小さく切ったパンケーキをフォークにさして、凛は遼生さんの口に運ぶ。そのスピードに合わせて遼生さんは口を開けた。

「おいしい？」

「うん、美味しいよ。ありがとう凛ちゃん」

もぐもぐと食べながら頭を撫でられた凛はご満悦な様子。

約束通り、凛のリクエストのパンケーキを食べに来たわけだけれど、終始凛が遼生さんにべったりだ。

今回も遼生さんが車を出してくれた。車内では彼がまたＤＶＤを用意してくれていたのに、凛は見ようとはせず、ずっと遼生さんに話しかけていた。

車を降りてからもすぐに凛は遼生さんと手を繋ぎ、店に入った。店内でももちろん凛と遼生さんが隣同士で、私はまるで恋人のようにラブラブなふたりを真正面に座って見ている状況だった。

「あ、ママもあーんする？」

ついでみたいな言い方に、ちょっぴり胸が痛んだものの、笑顔で「ううん、今度は凛が碓氷さんにあーんしてもらったら？」と提案してみたところ、目を輝かせた。

「するー！　りょーせー君、ちょーだい」

口を開けて待つ凛の愛らしさに、私も遼生さんも頬が緩んでしまう。

「はい、どーぞ」

一口サイズに切ってもらったパンケーキを食べさせてもらい、凛はすごく嬉しそう。

するとと遼生さんは少し大きめに切り分けたパンケーキをさして、私に差し出した。

「はい、萌ちゃんも」

「……えっ⁉　いいえ、私は大丈夫です！」

凛が見ている前で遼生さんに食べさせてもらうなんて恥ずかしすぎる。すぐに断ったが、遼生さんは引かない。

「いいから、ほら」

「そうだよ、ママ。あーん！」

凛も加わって言われては、食べさせてもらわないわけにはいかなくなる。

覚悟を決めて髪を耳にかけ、少しだけ前のめりになって口を開いた。

「はい、どうぞ」

「どーぞ」

ふたりに言われながら遼生さんに食べさせてもらったパンケーキは、生クリームがたっぷりで甘い。

「ママ、おいしい？」

「うん、すごく美味しい」

恥ずかしくて正直、甘いしか感想が出ないけれど、目の前で嬉しそうに笑うふたりを見ていたら幸せで胸がいっぱいになっていく。

「今度は凛がママにあーんしてあげる」

「本当？　ありがとう」

ただ一緒に食事をしているだけなのに、幸せすぎて泣きそう。私……本当はずっとこうやって遼生さんと凛と、何気ない日常を三人で過ごしたかったのかもしれない。

遼生さんがいつか、記憶を取り戻すかもしれない。そうしたら手のひらを返される可能性もある。

たとえすべてを打ち明けても、記憶を取り戻して私と凜への気持ちが変わらなかったとしても、相手は碓氷不動産の後継者だ。きっと昔、結婚を認めてもらえなかったように反対されるだろう。

その可能性があるとわかった上で、やっぱり私は遼生さんと一緒にいたい。もう一度初めから恋して、関係を育んでいきたいよ。

「りょーせー君、ごちそうさまでした！」

「どういたしまして」

今回も頑なに私がお金を出すことを拒否されてしまった。遼生さんが会計を済ませると、すぐにお礼を言った凜に続いて私も「ごちそうさまでした」と伝えた。

「こっちこそ楽しい時間をありがとう」

「いいえ、そんな」

店を出て駐車場へ向かう際は、当たり前のように凜が遼生さんの手を握った。

「はい、ママも」

そして反対の手を私に差し出す。

「……うん、行こうか」

凜を真ん中に三人で並んで歩いていく。上機嫌な凜は、大好きなアニメの歌を口ずさんでいる。

どうしよう、今日すべてを打ち明けようと思って来たけれど、そのタイミングが掴めない。そもそも凛が一緒にいたらできない話だよね。

どうやって切り出そうかと頭を悩ませていると、急に凛が「あー！」と大きな声を出して足を止めた。

「ママ見てー！　お部屋と同じやつがあるよ」

「えっ？」

凛が指差す方向に目を向ければ、コンビニの窓にミュージカルのポスターが貼ってあった。

「これ……」

「懐かしいな」

遼生さんと声が被り、顔を見合わせた。

「もしかして萌ちゃんも見たことがあるの？」

「あ……はい。昔からミュージカル鑑賞が趣味で、とくにこの作品は一番好きでした」

戸惑いながらも答えると、遼生さんは目を見開いた。

「俺もなんだ。……俺もこの作品がすごく好きで、なにかに悩んだり迷ったりすることがあったら、必ず見に行っていた」

出会った時もたしか、自分の進む道に迷っていてそれで見に来ていたって言っていたよね。あの時が初めての鑑賞ではなかったんだ。

「そうなんですね」

初めて聞いたように装って答えながら、再びポスターに目を向ける。

どうやら北海道で凱旋《がいせん》公演をするようでポスターが貼られていたようだ。その日は……来週の日曜日？

「あ、ちょうど来週公演があるんだ。……もしよかったら、三人で見に行かない？」

「三人でですか？」

思わず聞き返せば、遼生さんは大きく頷いて凛を見つめた。

「凛ちゃんはどう？　お部屋に貼ってあるミュージカルを見に行きたくない？」

「行きたいー！　だけど、ミュージカルってなに？」

小首を傾げる凛に遼生さんはわかりやすく説明してくれた。すると凛は「行きたい、行きたい！」と連呼する。

「凛ちゃんはこう言っているけどどう？　もちろんチケットが取れたらの話だけど、取れたら見に行かないか？」

これは本当になんの巡り合わせだろうか。出会った場所からは遠く離れたところで再会し、さらには思い出のミュージカルが偶然にも公演されるなんて。

まるで神様が私たちが出会った公演を見て、そこですべて打ち明けなさいと言っているようだ。

「どうかな?」

「ママ、行こう。凛、見てみたい!」

手をぶらぶらさせておねだりする凛に「そうだね」と答え、遼生さんを見つめた。

「ぜひお願いします」

返事をすると、遼生さんはホッとした顔を見せた。

「よかった。じゃあさっそくチケットを取ろう。たぶんネットで取れると思うから、どこかお店に入ろうか」

ちょうど数十メートル先にファミレスがあり、そこで遼生さんは三人分のチケットを取ってくれた。

トントンと凛の胸を優しく叩きながら寝かしつける中、今日のことを思い出す。

「まさかもう一度あのミュージカルを遼生さんと見ることができるなんて、夢にも思わなかったな」

帰宅後、さっそく凛は明子さんと文博さんに、来週の日曜日に遼生さんと三人でミュージカルを見に行くと嬉しそうに報告していた。

ふたりは私と遼生さんが出会ったのがそのミュージカルだと知っているから、とても驚いていた。

部屋のポスターを眺めながら、遼生さんと初めて言葉を交わした瞬間を思い出す。

男の人の涙を流す姿を初めて見て、その姿がとても綺麗で思わず息を呑んだことを今でも鮮明に覚えている。

プロポーズしてくれたのも、あのミュージカルを見た後だったよね。私たちにとってなにかと縁がある作品だ。

「ちゃんと自分の気持ちを伝えよう」

あの作品には、私たちを結び付ける強い力がある気がする。

電気を消してスヤスヤと眠る凛の隣に横になる。

「ママのワガママで、凛を傷つけるようなことはしたくないのにごめんね。これが最初で最後だから。……なにがあっても、ママは凛を幸せにするからね」

そっと凛の髪や頬を撫でて、愛しい温もりに触れながら眠りに就いた。

「うわぁ、人がいっぱいだね」

日曜日の十五時過ぎ。開場を待つ長い列に並び、凛は人の多さに驚いていた。

「そうだね。だから凛、迷子になったら大変だから絶対に手を離しちゃだめよ？」

「うん！　凛、絶対にりょーせー君から手を離さないよ」

大きな返事をして凛は遼生さんを見上げ、「ねー。りょーせー君」と言いながら小首を傾げた。

その愛らしさに遼生さんの頬は緩む。

「うん、俺も凛ちゃんの手を離さないよ」

「絶対だよ？　凛、迷子になっちゃうからね」

「わかったよ」

ふたりのやり取りを、前後に並ぶ人は微笑ましい様子で眺め、「可愛い親子」「あの子、パパのことが大好きなんだね」と言っているのが耳に届いた。

本当に傍《はた》から見たら、誰もがふたりは親子だと思うだろう。実際はそうだけれど、ふたりにその自覚はない。

遼生さんと凛が事実を知ったら、どんな反応をするのだろうか。きっと凛は大喜びするど思うけれど、遼生さんは……？

覚悟を決めてきたはずなのに、いざその日を迎えるとやっぱり少し決心が揺らぐ。

仲睦《むつ》まじいふたりの様子を見ていると余計に怖くなるよ。

いよいよ開場の時刻となり、少しずつ列が動き出した。

「凛ちゃん、行こう」

「うん！」

仲良く手を繋ぐふたりに続いて会場に入り、指定の座席に着いた。そこは一番前の真ん中寄りで、つい一週間前にチケットを購入したとは思えないほどの席だった。

「本当にここで合っているんですか？」

凛を挟んで座る形で席に着いてから思わず遼生さんに聞いてしまった。そんな私に彼は小声で答えた。

「実は主催者とは知り合いでさ。関係者席を譲ってもらったんだ」

「そう、だったんですね」

こういうところで改めて彼が碓氷不動産の後継者で、私とは住む世界が違う人だと突きつけられる。

「すみません、ありがとうございます。……こんな良い席で見たことがなかったので嬉しいです」

「それならよかった」

それなりの金額がしたから、最前列など取ったことがなかった。

それに東京とは違って会場も小さいからステージとの距離が近く、本当に間近で見ることができそうだ。

「凛、始まったら約束通りおしゃべりはしないで、静かに見ないとだめだからね？」

「うん、大丈夫！　凛は約束を守る子だから」

自分で言っちゃうところがまた可愛いと思ったのは私だけではないようで、凛の話を聞いた遼生さんもクスリと笑った。

「もしトイレに行きたくなったらちゃんと言ってね」

「うん、りょーせー君にこっそり言うね」

そう言ってふたりが指きりをしたところで、開演を知らせるベルが響く。少しずつ会場内は薄暗くなっていき、ステージの幕が上がった。

初めて見た時から役者は変わっているけれど、当然ストーリーは変わっていない。

ひとりの少年の成長物語に、よく自分を重ね合わせて鑑賞していた。数年経ち、母親になってから改めて見ると、よりいっそう感情移入してしまい、終盤に差し掛かるにつれて涙が零れ落ちた。

そっとハンカチで涙を拭いながら、昔、彼もこの場面で涙を流していたことを思い出す。

チラッと見れば、やはり遼生さんの目からは涙が頬を伝っていた。その姿に初めて出会った日の彼が重なる。

記憶を失ったって、遼生さんは遼生さんだ。五年前に別れを告げられたのは、なにか事情があったと信じたくなる。

だってやっぱり幸せだった日々が偽りだったとは思いたくない。彼も同じ気持ちで過ごしてくれていたと願いたいから。

凛はいつの間にか眠っていて、私は余分に持ってきたハンカチをそっと彼に差し出した。

すると遼生さんは昔のように驚き、私を見た。そして少し照れくさそうに受け取りながら「ありがとう」と言ってくれた。

それからラストに向けての展開に、私と遼生さんは何度も鼻を啜りながら鑑賞した。

終演となり、照明が灯されるとみんな一斉に席を立つ。しかし私と遼生さんは余韻に浸るように動けずにいた。

「やっぱり何度見ても泣けるな」

「はい、私もです」

凛は終わっても起こすのが可哀想なくらいぐっすりと眠っていた。

「ハンカチありがとう」

「いいえ。凛がなにかと汚したりするので、いつも多めに持ち歩いているんです」

それにもしかしたら、昔のように遼生さんにハンカチを渡すことになるかも……という思いもあった。

「本当にありがとう。今度、洗って返すから。と言っても、週末には東京に戻ることになったから、もしかしたら返せるのは少し先になっちゃうかもしれないけど」

「えっ」

突然の話に驚いた声を上げてしまうと、遼生さんは眉尻を下げた。

「プロジェクトも落ち着いたし、抱えている仕事が他にもあるんだ。そろそろ戻らないといけない」

「そう、なんですね……」

いや、最初から彼が東京に戻ることはわかっていたことだ。それなのになぜこんなにも胸が痛み、寂しくてたまらないのだろう。

それくらい彼と凛と過ごした時間は楽しく、終わりがあることを忘れてしまうほどだった。

「一度戻ったら一ヵ月は戻ってこられないな。……でも、仕事が落ち着いたら必ず萌ちゃんと凛ちゃんに会いに来るから。だから俺のことを忘れないでくれよ」

「……っ」

それは私の台詞だ。一ヵ月の間に記憶を取り戻して、二度と会いに来なくならない？　再び私のことだけを忘れたりしないよね？

言葉が喉元まで出かかったが、ぐっと呑み込んだ。その前に話さなくてはいけないことがあるから。

ちょうど凛も寝ている。事実を打ち明けるなら今しかない。

「あのっ……」

「んー……あれ？　凛、寝ちゃってた？」

タイミングよく凛が目を覚まし、私の声は遮られた。

「おはよう、凛ちゃん。残念だけどもう終わっちゃった」

「えぇー。凛、全然覚えていない……」

がっくり落ち込む凛の頭を撫でながら、遼生さんは優しい声色で「また今度、三人で見に来よう」と言った。

「本当？　約束だよ」

「あぁ、約束」

そして私を見た遼生さんは「ごめん、萌ちゃん。さっきはなにを言おうとしたの？」と聞いてきた。

「あ、えっと……いいえ、そろそろ出ましょうかと言おうとしたんです」

凛がいる前では言える話ではない。適当に誤魔化して席を立った。

気づけば会場には私たちしか残っていなかった。

「本当だ、早く出ようか」

慌てて遼生さんも立ち上がり、当たり前のように凛の手を握った。

どうしよう、いつ言えばいいんだろう。でも、凛の前ではできない話だ。帰り際に東京に戻る前に一度時間を作ってもらって、ふたりで会う？

きっと明子さんと文博さんに事情を説明すれば、快く凛を見てくれるはず。うん、それが一番いいよね。

凛とともにトイレを済ませ、遼生さんと合流して会場の外に出た。

終演となってもまだ外には多くの人がいた。子供連れも多く、中には子供同士で駆け回っている子たちもいた。

歩道はあるものの、道路には多くの車が行き交っている。夢中になって気づかずにあの子たちが道路に出ないか心配になる。

ヒヤヒヤしながら歩道に出て、道路の反対側にある駐車場へ向かうため、横断歩道で足を止めた。

「凛ちゃん、信号が青に変わったら渡るよ」

「もう、りょーせー君ってば。凛、ちゃんとわかってるよ」

「アハハ、そっか、ごめん」

「失礼しちゃう」なんて言いながら怒る凛に、私と遼生さんはつい笑ってしまった。

そして信号が変わるのを待つ中、さっき駆け回っていた子たちのうちのひとりの男の子が、勢い余って道路に飛び出した。

その瞬間、大きなクラクションの音が響き、車が〝キキーッ〟と音を立てて急ブレーキをかけた。

一気に緊迫した空気が漂う。道路に飛び出した男の子は恐怖で固まっていて、そのわずか数十センチ手前で車が止まっていた。

最悪の事態は免《まぬが》れて誰もがホッと胸を撫で下ろす中、男の子の母親が駆け寄って叱った。

「なにやってるの！」

母親の怒鳴り声に我に返った男の子は、大きな声で泣き出した。

たしかに周りを見ずに飛び出した男の子も悪いけれど、目を離した親にも責任があると思う。それに誰よりも怖い思いをしたのは男の子だ。

真っ先に「大丈夫だった？」と抱きしめてあげたらいいのに。

そう思っていても他人の私には口を出す権利はない。口を結んで信号が変わるのを待つ中、急に凛が「りょーせー君、どうしたの？　痛い痛いなの？」と心配する声を上げた。

びっくりして彼を見れば、頭を抱えて蹲っていた。

「遼生さん⁉」

思わず〝碓氷さん〟ではなく〝遼生さん〟と呼んでしまったものの、それを気にする余裕などないほど彼は激しい頭痛に襲われている様子。

苦しげに声を上げる姿に、凛は涙目になる。

「どうしよう、ママ。りょーせー君が大変だよぅ」

「大丈夫よ、凛」

凛を抱いて慰めながらも、困惑してしまう。

なぜ急に頭痛が？　そういえば記憶を取り戻しそうになると激しい頭痛に襲われるって言っていたよね。それじゃもしかして、なにかを思い出そうとしていた？

「どうしました？　大丈夫ですか？」

「救急車を呼びましょうか？」

信号待ちをしていた人たちに声をかけられ、自分を奮い立たせる。

そうだ、とにかく救急車を呼んで医者に診てもらったほうがいい。

「はい、すみませんがお願いしてもいいですか？」

周りの人たちに協力してもらい、私と凛は頭を抱えて苦しむ遼生さんに付き添い、救急車で病院へと向かった。

すぐに医師に診察をしてもらえて入院となったものの、家族ではない私では彼の病状を聞くことも手続きをすることも叶わなかった。

遼生さんにもらった名刺を頼りに本社に電話をして、ご家族に連絡を取ってもらった。それから明子さんたちにも電話をして事情を説明し、泣きじゃくって疲れ、眠ってしまった凛を迎えに来てもらった。

「萌ちゃんは大丈夫？　病院に任せて、今日のところは一緒に帰ったほうがいいんじゃない？」

「俺もそう思う。だって碓氷さんのご両親とは面識があるんだろ？　だったらなにを言われるかわからないぞ」

心配してくれている明子さんと文博さんには申し訳ないけれど、今は遼生さんに付き添っていたい。

「私なら大丈夫です。遼生さんが目を覚ますまでそばにいたいんです」

もし目を覚まして記憶を取り戻していたら？　私のことを忘れていたら？と思うと怖くてそばを離れられない。

「萌ちゃんがそう言うなら止めないけど……。なにかあったらすぐに連絡をして」

「はい、ありがとうございます」

帰る前にも「本当に帰らないの？」と聞かれたが、私の意志が固いことを理解してふたりは凛を抱いて帰っていった。

病室のベッドの上では、症状が落ち着いた遼生さんが眠っている。私は静かに近づき、ベッドの横の椅子に腰を下ろした。

本社に電話をしてそろそろ三時間が経つ。折り返しの連絡があり、親族がこちらに向かっているから私は帰ってもいい、お礼は後日改めて伺うとあった。

きっと彼のご両親は私を見たら驚くだろう。罵声を浴びせられる可能性もある。

そうわかっていても、彼のそばを離れたくない。それに遼生さんとずっと一緒にいたいなら、彼のご両親と対面することは避けて通れない道。

凛がいる今は、五年前のように逃げることはしたくない。

静かに眠る遼生さんに付き添う中、病室の時計の秒針の音だけが響く。そしてさらに一時間が過ぎた頃、廊下に大きな足音が響いた。

その音は近づいてきており、彼のご両親が来たのだと気づき立ち上がる。緊張に襲われながらドアに目を向けると、勢いよく開いた。

「遼生！」

「遼生さん！」

病室に飛び込んできたのは、五年ぶりに会う彼の母と、そして私と同年代の綺麗な女性だった。

ふたりは私がいたことに驚き、立ち止まる。だけどすぐに彼の母は私に気づき、鋭い目を向けた。

「どうしてあなたがいるの⁉　今すぐここから出ていきなさい！」

「待ってください、私の話を聞いてください」

「聞くわけがないでしょう！」

すぐに大きな声で私の言葉を遮り、ドアを大きく開けた。

「あの事故のおかげでやっと遼生がまっとうな人生を歩めると思ったのに、またあなたが邪魔をしていたのね！　今回もあなたが原因なの？　だったらなんていう疫病《やくびょう》神《がみ》かしら！」

憎しみの籠った声で言われた言葉に怯みそうになるも、彼女の発した言葉が気になった。

「あの事故の〝おかげ〟ってなんですか？　遼生さんが記憶を失ったことに関係しているんですか？」

知りたくて聞き返すと、隣にいた女性が「そうよ」と答えた。

「遼生さんは私と結婚して碓氷不動産を継ぐはずだったのに、あなたのせいでその道を絶とうとしたの。でも神様はちゃんとわかっていたのよ、あなたとでは幸せになれないって。だから遼生さんに記憶を失わせたんだわ」

じゃあこの人が昔、遼生さんが言っていた許嫁ってこと？

話についていけない中、彼の母は彼女を自分のほうに引き寄せた。

「こちらは神楽坂《かぐらざか》銀行《ぎんこう》の頭取の娘さん、神楽坂珠緒《たまお》さんよ。遼生に見合う女性であり、私が認める唯一の遼生のお嫁さんなの」

　神楽坂銀行といえば誰もが知るメガバンクだ。そう、だよね。遼生さんに見合う女性は神楽坂さんのような家柄の女性しかいない。

　それでも私は遼生さんを諦めることができないよ。

「あなたも納得して遼生と別れたはずなのに、なぜまた現れたの？　やっぱりあんな優しい別れのメッセージでは諦めきれなかったのかしら」

　ちょっと待って、どういうこと？　もしかして、遼生さんから一方的に送られてきたあの別れの言葉って……。

　目を白黒させる私を見て、彼の母は愉快そうに話し出した。

「あら、今頃気づいたの？　バカな遼生は碓氷不動産の跡取りという名誉ある資格を失ってでもあなたと駆け落ちしようとしたの。その罰が当たったんでしょうね。あなたとの待ち合わせ場所に向かう途中、車に轢《ひ》かれそうになった女の子を助けようとして事故に遭ったの。その事故であなたと過ごした記憶をすべて失ったのよ。いい機会だと思い、あなたとの関係を私が綺麗に清算したわ」

　それは本当なの？　どうやら神楽坂さんも知らなかったようで、話を聞いた彼女も戸惑っている。でも彼の母が嘘を言っているようには見えない。それにあの突然の別れのメッセージにも納得がいく。

「駆け落ち当日に振られたのだから、潔く諦めたと思ったのが甘かったみたいね。いい？　何度も言ったけどあなたと遼生では釣り合わないの。あなたを碓氷家に入れるわけにはいきません」

「そ、そうよ。それにね、遼生さんはあなたの記憶を失っても、お義父様とお義母様はもちろん、私のことも忘れていなかったの。結局のところ、遼生さんにとって簡単に忘れてしまう存在だったのかもしれないわ」

違うと言いたいけれど、遼生さんは私のことだけを忘れてしまっていたなら、それが正しいのかもしれない。

でも彼は、私との待ち合わせ場所に向かう途中で事故に遭ったんだよね？　決して私のことが嫌いになったわけではないと信じてもいいのかな？

ずっと嫌われたと思っていたから、目頭が熱くなる。

「それなのに、このタイミングで再び現れるなんて……。あなた、遼生さんが近々副社長に就任するという噂を聞きつけて、彼に記憶がないことをいいことに近づいたの？」

「えっ？　そんな、違います！」

思いもよらぬ言いがかりに困惑する中、神楽坂さんは怒りを露わにする。

「あなたのことは忘れているはずなのに、遼生さんは決して私と結婚すると言わないの。『運命の相手以外とは結婚できない。珠緒も心から好いた相手と結婚するべきだ』って言うのよ」

感情が昂《たかぶ》った神楽坂さんは大きな瞳から涙を零した。

「それでもあなたを忘れた以上、いつかは会社のためにも私と結婚してくれると信じて待っていたのに、なんでまた遼生さんの前に現れたりしたのよ！　あなたさえいなければ、私は大好きな遼生さんと幸せになれていたのに……っ！　全部あなたが悪いのよ！」

怒りをぶつけるように放たれた言葉に、胸がズキッと痛んだ。

神楽坂さんも私と同じで、彼のことが大好きで諦められずにいるんだ。だからこんなにも胸が苦しいのだろう。

でも私だって諦められないから、振られても想いを断ち切ることができずにいた。

しかし、好きって気持ちだけでは、うまくいかないこともあるのかもしれない。

「落ち着いて、珠緒ちゃん。あなたが泣くことはないわ。大丈夫、私が絶対に認めないから」

神楽坂さんを慰めるように抱きしめると、彼の母は憎しみの籠った目で私を睨んだ。

「わかったら早く出ていってちょうだい。二度と遼生の前に現れないで！」

ここで押しに負けたらだめだとわかってはいるけれど、こんなにも彼の母に嫌われた私では、遼生さんを幸せにすることはできないのかもしれないと思わされる。

その時、騒ぎを聞きつけた看護師が様子を見に来た。

「患者様の前でいったいなんの騒ぎですか？　他の患者様にも迷惑ですよ」

「すみません、すぐに余所者は帰しますから」

そう言うと彼の母は、立ち尽くす私の腕を強く掴んだ。

「早く出ていきなさい」

「あっ……！」

勢いそのままに廊下に押し出され、大きな音を立ててドアを閉められてしまった。

再び病室に入ったところで、冷静に話をしてくれないはず。看護師にも家族ではない私は帰されてしまうだろう。遼生さんが目を覚ますまではいたかったけれど、帰るべきだよね。

後ろ髪を引かれる思いで踵を返し、薄暗い廊下を進んでいく。

そして病院を出たところで足を止め、彼が入院している病室を見上げた。

「遼生さんは、私と駆け落ちするつもりだったんだ」

ずっと私と別れるために準備を進めていたものだと思っていた。それが事故に遭い、記憶を失ってしまったために、約束の場所に来なかったんだね。

それなのに私は一方的に送られてきたメッセージを信じて、事実を確かめようとしなかった。なんだ、全部私が悪いじゃない。……こんな私では、彼のそばにいる資格はないよ。

五年前の真相を知り、後悔で胸が圧し潰されそう。

帰り道、私はずっと涙が止まらなかった。

事実が知りたい　遼生ＳＩＤＥ

　事故に遭い、ずっと大切ななにかを失った気がしてならなかった。その心の隙間を埋めるように、彼女と出会ったんだ。


　ズキズキと痛む頭。それと聞こえてくる甲高《かんだか》い声に目が覚め、ゆっくりと瞼を開けた。すぐに視界に入ったのは見慣れない天井と、鼻につく消毒液の匂い。

「あなたも納得して遼生と別れたはずなのに、なぜまた現れたの？　やっぱりあんな優しい別れのメッセージでは諦めきれなかったのかしら」

　この声は母だよな？　いったいなんの話をしているんだ？

「あら、今頃気づいたの？　バカな遼生は碓氷不動産の跡取りという名誉ある資格を失ってでもあなたと駆け落ちしようとしたの。その罰が当たったんでしょうね。あなたとの待ち合わせ場所に向かう途中、車に轢かれそうになった女の子を助けようとして事故に遭ったの。その事故であなたと過ごした記憶をすべて失ったのよ。いい機会だと思い、あなたとの関係を私が綺麗に清算したわ」

耳を疑う話に俺は再び瞼を閉じた。

「駆け落ち当日に振られたのだから、潔く諦めたと思ったのが甘かったみたいね。いい？　何度も言ったけどあなたと遼生では釣り合わないの。あなたを碓氷家に入れるわけにはいきません」

「そ、そうよ。それにね、遼生さんはあなたの記憶を失っても、お義父様とお義母様はもちろん、私のことも忘れていなかったの。結局のところ、遼生さんにとって簡単に忘れてしまう存在だったのかもしれないわ」

母だけじゃない、珠緒もいるのか？　しかしどういうことだ？　俺が駆け落ちをしようとしていた？　いったい誰と？

駆け落ちをしてまで一緒になりたいと思う相手がいたことに驚く。そんな相手とは、まだ出会えていないと思っていたのに……。

身に覚えのない話に心がざわつく。

その後も母と珠緒は一方的に誰かに対し、責め立てていった。

「それなのに、このタイミングで再び現れるなんて……。あなた、遼生さんが近々副社長に就任するという噂を聞きつけて彼に記憶がないことをいいことに近づいたの？」

「えっ？　そんな、違います！」

やっと聞こえてきた相手の声に、耳を疑った。この声は間違いなく萌ちゃんだ。だけどなぜ彼女がここに？

いや、待て。萌ちゃん……萌。初めて彼女から名前を聞いた時、ひどく懐かしく、愛おしい感覚を覚えた。

「わかったら早く出ていってちょうだい。二度と遼生の前に現れないで！」

大きな声で放たれた母の言葉に、まるでフラッシュバックするようにたくさんの記憶が頭に流れ込んできた。

そうだ、前にも母は同じ言葉を言っていた。俺の大切な人に憎しみを込めた目で何度も何度も。

だから俺は両親との縁を切るつもりでどこかに向かっていて……。

次に凛ちゃんの笑顔が頭をよぎる。

女の子が道路を渡ろうとした時、信号無視をしたトラックが交差点に進入してきた。

咄嗟に俺は手にしていたなにかを放り投げ、飛び込んで……それで……。

バンッとドアが閉まる大きな音が響き、萌と過ごした幸せな日々の記憶が蘇った。

「萌……」

なぜ俺は忘れていたんだ？　あんなにも大切で愛おしい存在だけを記憶から失って

いたのだろう。

萌と出会ってから、俺の人生は一八〇度変わった。何気ない日常が幸せに溢れ、どんなにつらいことや苦しいことがあっても、萌という存在のおかげで乗り越えることができていた。

彼女がいるだけで強くなれる気がして、どんなことにも果敢《かかん》に挑戦することもできた。ちょっとした仕草が可愛くて、ただ話をしているだけで心が満たされる。きっと彼女が俺の運命の人――。

「萌っ！」

勢いよく起き上がって萌を追いかけようとしたものの、激しい頭痛に襲われる。

「遼生？」

「大丈夫？　遼生さん！」

すぐに駆け寄ってきた母と珠緒に対し、怒りが込み上げる。

「萌になんてことを言ったんだっ！」

俺の話を聞き、ふたりは目を丸くさせた。

「遼生、あなたもしかして記憶が戻ったの？」

声を震わせて聞いてきた母にすぐさま答えた。

「あぁ、母さんと珠緒のおかげでたった今思い出したよ」

それと同時に後悔で胸が圧し潰されそうだ。なぜ萌のことだけを忘れていたんだ？　なによりも忘れたくなかった記憶なのに。

それよりも早く萌を追いかけないと。

ベッドから下りて後を追おうとしたがふらついてしまい、近くにいた看護師が咄嗟に俺の身体を支えた。

「記憶を取り戻してすぐに動くなんて……！　脳に障害が生じる可能性もあります。どうか安静にしてください」

「ですがっ……！」

「今の身体では追いつくことはできませんよ」

看護師にはっきりと言われ、俺はグッと唇を噛みしめた。

こんなふらふらな身体では萌には追いつかないだろう。それに記憶を取り戻した以上、すべてを片づけてからではないと、萌に会うことはできない。

「すみませんでした」

素直に看護師に従い、ベッドに戻った。

「おふたりも今夜は一度お帰りください。詳しいお話は明日、担当医師よりご説明させていただきます」

厳しい口調で看護師に言われたふたりも言い返すことなく、また明日来ると言って病室から出ていった。

「明日は朝からたくさんの検査をすると思うので、とにかく今夜はゆっくりとお休みください」

「はい、わかりました」

一礼をして病室から看護師が去ると、さっきの騒がしさから一転静寂に包まれる。

一気に多くの記憶が流れてきて頭痛がひどく、ゆっくりとベッドに横たわった。そして瞼を閉じると、萌と再会してからの記憶が脳裏に浮かぶ。

萌はどんな思いで俺と接していたのだろうか。母や珠緒が勝手に別れのメッセージを送ったとはいえ、俺は駆け落ち当日に裏切った男だと思われていただろう。

文句を言われたって仕方がないのに、知らないフリをして接してくれていたよな。改めて彼女の優しさに愛おしさが込み上げる。しかし、すぐに凛ちゃんの存在を思い出した。

「凛ちゃんはいったい誰の子供だ……？」

萌の子供であることに間違いはないはず。肝心なのは相手だ。たしか凛ちゃんは四歳って言っていたよな？　それなら俺と別れてすぐにできた子供になる。いや、俺との間にできていた可能性も捨てきれない。

俺の子であってほしいが、もしそうではなかったら……？

想像すると怖くなるが、記憶を取り戻す前は自分の娘のように愛そうと決めたじゃないか。

そうだ、たとえ誰の子であっても萌の子供には変わりない。問題は俺自身だ。

「萌に会いに行く前にすべてを整理しなくてはいけないな」

また萌を傷つけることしかできない。昔は駆け落ちすれば、萌といつまでも幸せに暮らせると思っていたけれど今は違う。

逃げたってなにも変わらない。かえってつらくなるだけだろう。凛ちゃんに祖父母のことをなんて説明する？

萌と凛ちゃんにつらい思いも苦労もさせたくない。だったら両親を説得して、珠緒にも何度も告げているがしっかりと婚約破棄の意思を伝え、最高の形で迎えにいくべきだ。

「今度こそ萌を幸せにしたい」

そのためにもまだ断片的な記憶もあるため、一刻も早くすべての記憶を取り戻そう。

そして両親を説得する。心にそう強く決めた。

次の日、精密検査が行われ、結果とくに異常がないと診断された。今回記憶を取り戻したことをきっかけに、いずれはすべてを思い出すだろうとも言われた。

母はヒステリックになりながら萌のことを責め立てていて、珠緒もまた「絶対に私は婚約破棄なんてしない」と言う。今のふたりの状態では話にならないと思い、予定を早めて俺は東京へと戻った。

一ヵ月近く出張に出ていたのだから当然仕事が溜まっており、まずは連日その処理に追われていた。

「さすがに疲れたな」

戻って一週間ほどは残業続きで、まともに眠れていなかった。誰もいないオフィスで時間を確認すると十九時になろうとしていた。

少し休憩を挟もうと思い、自販機コーナーへと向かう。そこでブラックコーヒーを購入して一息ついた。

そしておもむろに携帯を手に取り、一週間前に届いた萌からの返信文に目を通す。

【わかりました。待ってます】

短い言葉が、今の俺の励みになっている。

北海道を離れる際に、萌に【必ず戻ってくるから、待っていてほしい】と送った。それに対しての答えだ。

目の前で頭痛に襲われて倒れたんだ。きっと聞きたいことがたくさんあるはずなのに、萌はなにも聞かずに待つと言ってくれた。それがどれだけ心強いか……。

萌のためにも早く問題を片づけて、もう一度プロポーズしたい。

それからさらに二時間ほど残業して会社を出る頃には、二十一時を過ぎていた。

最寄り駅に向かう途中、遅くまで開いている花屋が目に留まる。店頭には大小さまざまな花束が並んでいた。

いつもは気にも留めずに通り過ぎていたが、なぜか今日は目を引かれる。それはカスミソウとピンクのバラの花束だった。

思わず手に取り見ていると、店員が声をかけてきた。

「いらっしゃいませ。恋人様へのプレゼントでしょうか？」

「えっ？」

すると店員にカスミソウとピンクのバラには〝幸福〟という花言葉があると説明された。

「幸福……」

呟いた瞬間、ズキッと頭が痛むと同時に五年前にここでこの花束を買った記憶が蘇った。

そうだ、萌との待ち合わせ場所に向かう途中、目に留まった花束があり、店員に花言葉を聞いて購入したんだった。

その花束は女の子を助ける際に手放した気がする。

「お客様？　大丈夫ですか？」

突然頭を抱えた俺を心配する店員に「大丈夫です」と告げ、花束を購入した。

「ありがとうございました」

歩くたびに花の匂いが鼻をかすめ、なんともいえぬ幸福感に包まれる。

この一週間で他にも様々な記憶を思い出していた。萌と初めて出会った場で貸してもらったハンカチがあった。そのお礼を選ぶ際には一日を要したことや、ふたりで出かけた旅行先で交わした言葉。それと萌にプロポーズした日のこと。どれもかけがえのない思い出だった。

他にも将来について語った夢もあった。その中で子供を授かった際、最初は女の子が欲しいと話したこともあった。

彼女との記憶を思い出すたびに、早く萌に会って答え合わせをしたくてたまらなくなる。

そのためにもひとつずつ問題を片づけないとな。まずは明日の夜、会う約束をしている珠緒からだ。

帰宅後、寝室のベッド脇に購入した花束を活けて、優しい香りに包まれながら眠りに就いた。

次の日の夜、定時で仕事を終えて向かった先は銀座《ぎんざ》にあるフレンチレストラン。雑誌やテレビにも取り上げられるほど有名な店を、珠緒は俺と過ごすために一日貸し切りにしたようでほかに客は誰もいなかった。

「遼生さん、お仕事お疲れ様でした」

「あぁ、ありがとう」

この前とは別人のように珠緒は落ち着いていて、笑顔で俺を出迎えたものだから拍子抜けしてしまう。

ウエイターに椅子を引かれ、珠緒と向かい合う形で席に着く。するとすぐに食前酒のワインが運ばれてきた。

「ふたりで食事をするのは久しぶりだし、まずは乾杯しましょ」

「いや、俺は……」

断ろうとしたら、珠緒が俺の声を遮った。

「そんなことを言わないで。だってふたりで食事をするのは今夜が最後かもしれないんでしょ？」

あまりに悲痛な声で言われた言葉に思わず彼女を見つめると、今にも泣きそうな顔をしていた。しかし俺と目が合った瞬間、再び気丈に振る舞う。

「とっておきのワインを用意してもらったの。せっかくだから飲んでいって」

「……それじゃ一杯だけ」

今夜、はっきりと珠緒とは結婚できないと告げて関係を断つつもりでいたが、拒否されることを想定してきた。しかしその心配はなかったのだろうか。

そんな考えが頭をよぎったが、これまで何度切り出しても頑なに拒否されたことを思い出し、油断はできないと言い聞かせる。

まずは乾杯をして、それから次々と料理が運ばれてきた。ここには初めて来たが、どの料理も味付けが繊細で美味しい。

黙々と食べ進めていき、デザートと食後のコーヒーが運ばれてきた。

「どうぞごゆっくりお過ごしください」

最後にウエイターは大きく一礼をして去っていく。

「とうとうデザートが運ばれてきちゃった」

そう言いながら珠緒はジェラートをスプーンで掬い、口に運ぶ。そしてすべて食べ終えると、真っ直ぐに俺を見つめた。

「これまで何度も伝えてきたけど、私はたとえ親が決めた結婚だとしても、遼生さんと家庭を築いていきたい。だってお互いこれ以上に見合う相手なんていないでしょう？　それなのに、どうして遼生さんはいつも〝運命の相手〟にこだわるの？」

それは何度も珠緒に聞かれてきた言葉だった。そのたびに俺はこう答えていたよな。

「俺たちは生まれる前から人生が決まっていたようなものだろ？　勉強に習い事に、子供の頃から自由に選ぶ選択肢などなかった。だからせめて結婚だけは自分自身が選んだ運命の人としたいんだ」

昔は両親の期待を裏切る形で萌と逃げようとしたが、今は違う。両親にはこれまで育ててもらった恩義がある。だから両親のためにも碓氷不動産を継いで、これまで以上に大きくしていきたい。

それとは別にこの息が詰まりそうな窮屈《きゅうくつ》な日々を変えてくれる、そんな心安らぐ相手と生涯をともにしたい。

なにがあっても守りたい、一生そばにいてほしいと思える相手は萌だった。

「今となっては、人より恵まれた人生を歩ませてもらったと思っている。だからこそ本当の意味で親孝行をしたいんだ。それは碓氷不動産を継ぎ、俺自身が幸せだと感じる毎日を送ることだと思っている」

俺の話を聞き、珠緒は大きく瞳を揺らした。

「俺の幸せは、珠緒と生涯をともにすることじゃない。そんな俺と結婚したって珠緒も幸せになれない。幼い頃から両親に言われてきて、珠緒にとっての親孝行は俺と結婚することかもしれないが、すまない。俺のことは忘れて珠緒を心から愛してくれる相手と幸せになってくれ」

「遼生さん……」

何度も想いを伝え続けてくれた珠緒には申し訳ないと思っている。会社のことを考えたらもちろん珠緒と結婚するべきだろう。

しかし俺の人生は俺だけのものだ。会社のために使いたくない。それは珠緒も同じだ。珠緒自身の幸せを第一に考えてほしい。

その思いで伝えた言葉は彼女に届いたようで、小さく息を漏らした。

「私……彼女は遼生さんが記憶喪失になったことを知って、円満に別れたと思っていたの。それがまさか、お義母様が一方的に別れのメッセージを送っていたなんて知らなくて……」

そう切り出した珠緒は、コーヒーを一口飲んで話を続けた。

「それでも再び出会ったなんて、もう私にはつけ入る隙がないと思い知らされちゃった。お義母様になにを言われてもめげずにいる姿を見て、なんか私、悔しくなっちゃって。……あの子にやり場のない気持ちを思いっきり吐き出したの」

俺は口を挟むことなく彼女の話に耳を傾ける。

「彼女に悪いことをしちゃったけど、おかげですごくすっきりしているの。……本当は五年前に遼生さんから結婚したい相手がいる、婚約を解消したいと言われた時に遼生さんと結婚することは諦めていた。でも周りがそれを許してくれなくて、私もムキになっていたんだと思う」

「珠緒……」

幼い頃から今までに何度か珠緒が、父親から「神楽坂家の人間という自覚をもって常に行動しろ」と度々怒られていたところを目撃したことがあった。

珠緒も俺と同じで、最初から決まった人生を歩むつらさを味わってきたのだろう。

「それに私には、遼生さんと結婚する道しかなかったから。……でもこの一週間、冷静に自分のことを色々と考えたの。そうしたら私、なにもやりたいことも趣味もないことに気づいて。これじゃ人生を損してるって思ってさ。だから様々なことにチャレンジしたい」

そう言うと珠緒は目を輝かせた。

「社会に出て働きたい気持ちもあって。結婚するのに不要だからと車の免許を取ることを諦めていたし、日本や世界中を旅行してみたい。考え出したら、意外とやりたいことがいっぱいあって、私の人生はまだまだこれからだって前向きになれている」

「……そっか」

珠緒を見れば、すべて本心だとわかる。幼い頃から婚約関係にあり、何度も顔を合わせてきた仲だからこそ心から応援したいと思う。

「だから婚約を解消しよう。あ、もちろんお互いの会社に不利な状況にならないよう、再三うちのお父さんには言い聞かせておくから」

「ありがとう」

近々副社長になる身からしても、双方の会社のために神楽坂銀行とは良好の関係を築くべきだと思う。

「だから私から最後のお願い。……両親には、私から婚約を破棄したって伝えてもいい？」

「もちろんだ。俺がすべて悪いことにしたってかまわない」

現に婚約を破棄したいと申し出たのは俺のほうなのだから。

すぐに答えれば、珠緒は小さく胸を撫で下ろした。

「ありがとう。こっちから愛想を尽かしたって言えば、両親も納得してくれると思うの。だから遼生さんも両親への説得頑張ってね」

「あぁ」

珠緒は一気に残りのコーヒーを飲み干して、ゆっくりと立ち上がった。

「ここは遼生さんの奢りよね？」

「ちゃんと支払っておくよ」

「うん、よろしく。……最後になっちゃったけど、記憶を失った遼生さんに彼女のことを伝えずにいてごめんなさい」

そう言うと珠緒は深々と頭を下げた。

「私……彼女のことを思い出さなければ、遼生さんはいつか私のことを好きになってくれると思っていたの。たとえそうなったとしても、心から愛されないのにね」

自嘲気味に笑う珠緒に、かける言葉が見つからない。

しかし俺に彼女に文句を言う資格もないだろう。一番悪いのは、事故で萌の記憶を失った自分なのだから。

「お義母様もね、間違っていたけれど遼生さんのことが大切だから、勝手に彼女に別れのメッセージを送ったと思うの。それはお義父様も同じ。おふたりとも、遼生さんのことをとても大切に思われている。だからちゃんと話し合って」

そう言われても、母のしたことを到底許すつもりはない。事情を知っていながらも事実を伝えてくれなかった父も同様だ。だが、それは珠緒に言うことではない。

「……肝に銘じるよ」

両親なりの優しさだということは、心の片隅に留めておこう。

「うん、そうして。それと、これを最後に渡したかったの」

そう言って珠緒はバッグの中から小さな箱を手に取った。

「これに見覚えはない？」

見せてもらったが、なんの箱かわからない。

「……いや、ないけど」

そう答えると珠緒は俺に差し出した。

「じゃあ今すぐ思い出して。……五年前の遼生さんには必要なものだったんだから」

「五年前？」

受け取った箱の中には、ペアリングが入っていた。

「これ……」

手に取って指輪の内側を見ると、そこには俺と萌の名前が彫られていた。それを見た瞬間、激しい頭痛に襲われる。

「うっ……！」

「え？　嘘、遼生さん？　大丈夫⁉」

心配する珠緒に「悪い、大丈夫だ」と伝え、再び指輪を見つめた。

「ありがとう、珠緒。これを持っていてくれて。だけどなぜ珠緒が？」

これは駆け落ちの日に、待ち合わせ場所へ向かう前に取りに行こうと思っていた結婚指輪だった。

萌には内緒で準備をし、サプライズで渡すつもりだった物。なぜこれも忘れていたのだろうか。

自分自身を恨めしく思っていると、珠緒が説明してくれた。

「遼生さんがオーダーした宝石店のオーナーとは懇意にしていて、遼生さんが事故に遭ったと聞いて私に連絡をしてきたの」

「そうだったのか」

棄てることもできただろうに、わざわざ持っていてくれたんだな。

「本当にありがとう」

もう一度感謝の気持ちを伝えれば、珠緒は首を横に振った。

「お礼はいらないよ。だって私、何度も処分しようと思ったもの。その証拠にラッピングされていないでしょ？」

「それでも棄てずにいてくれてありがとう」

こうして萌との記憶の物が出てきてくれて嬉しい。

「だからお礼はいいってば。……その代わり、早くそれを渡して幸せになって。そうしてくれないと、うちの両親も遼生さんとの結婚を諦めないかもしれないし」

照れくさそうにぶっきらぼうに言う珠緒に、思わず笑いそうになるも必死にこらえて立ち上がった。

「わかったよ。本当にありがとう。どうか珠緒も幸せになってくれ」

そう言って深く頭を下げた。

幼い頃から知っている彼女だからこそ、俺との婚約解消をきっかけに不幸になんてなってほしくない。どうか幸せになってほしい。

心からそう願いながら頭を下げ続けていると、珠緒は「絶対に幸せになって遼生さんに会いに行くから」と言った。

顔を上げて彼女を見れば、目を細めた。

「さようならじゃなくて、またね」

「……あぁ、また会おう」

どちらからともなく手を出し、握手を交わした。

珠緒が会いに来る頃には、俺も幸せでいなければいけないな。

彼女が帰って少し経ってから支払いを済ませ、俺も店を後にした。

ワインを飲んで少し火照った身体を冷ますため、大通りまで徒歩で向かった。その道中、家族連れとすれ違う。

子供は凜ちゃんと同い年くらいだろうか。両親の間に挟まれ、嬉しそうになにか一生懸命話していた。街中を歩けば幸せそうな家族ばかりに目がいき、そして自分たちと重ねて見てしまう。

まだ両親の説得という大きな問題が残っているというのに、今すぐにでも北海道へ向かい、ふたりに会いたくてたまらなくなる。

この指輪を受け取ったから余計かもしれない。

「ママー！　早く早くー！」

「もう、待ちなさいってば」

駆け足で俺の横を通り過ぎていく女の子の後を母親が追いかける。その瞬間、頭の中にある記憶が一気に流れてきた。

「そうだ、俺が助けたあの子はどうなったんだ？」

足を止めて必死に記憶を呼び起こす。

女の子を助けるために、手にしていた花束を放り投げて無我夢中で助けに入った。

俺は女の子をこの手にしっかりと抱きしめることができた？

思い出そうとしても思い出せない。蘇るのは目の前に迫りくるトラックの映像ばかり。居ても立っても居られず、急いで帰った俺は五年前の事故について調べ始めた。

数日後――。

営業の合間を縫って俺は都内のある墓地を訪れていた。

「ここだ」

購入した花を活け、線香を焚《た》いてそっと手を合わせる。

俺が助けようとした女の子は、あの事故で亡くなったと新聞記事に書かれていた。

俺はあの子を助けることができなかったんだ。

女の子は凛ちゃんよりひとつ上の当時五歳。母親と一緒に出張から戻ってきた父親を駅まで迎えに向かっている途中で起きた事故だった。

「俺があと少し早く助けに入っていたら、あの子は今も生きていたかもしれない」

必死に手を伸ばした記憶が蘇り、ここ数日苛まれている。

幼い命を助けられなかった俺が、萌と幸せになってもいいのだろうか。

手を合わせながら、自然と涙が零れ落ちた。何度も拭い、女の子が眠る墓前に俺のことを恨んでいないかと、問い続けてしまう。

「あの事故は、信号無視をして交差点に進入してきた運転手が悪いんだ。女の子を助けられなかったからとお前が気に病む必要はない」

静かな墓地に突然聞こえてきた声。驚く俺の横には、いつの間にか父が立っていた。

「父さん？　なぜここに……？」

動揺を隠せずにいると、父は小さく息を吐いた。

「母さんからお前が記憶を取り戻したと聞き、秘書を付けていたことに気づかなかったのか？」

「秘書って……」

ふと周囲を見回せば、それらしき良いスーツ姿の男性が二名離れた場所で、こちらの様子を窺っていた。

どうやら父の話は本当のようだ。まったく気づかなかった。

「秘書からお前が神楽坂の娘さんと会った帰り道、様子がおかしかったと報告を受けてな。行く先々を細かに報告するよう伝えていたんだ」

それで俺がここに来たことを知ったってわけだ。

「それじゃ父さんは知っていたのか？　俺が助けに入った子が亡くなっていたことを」

「あぁ。だからこそお前には女の子の死も、失われた彼女との記憶も言えずにいた」

父の言いたいことがわからず、もどかしい。

「女の子の死と、萌のことは別問題だ。なぜ言ってくれなかったんだ？」

事実を知りたくて詰めよれば、父親はゆっくりと俺を見つめた。

「今のお前の顔を見ればわかるだろう。事実を知れば自分を責め、彼女と自分だけが幸せになるわけにはいかないと悩み、苦しむと思ったんだ。違うか？」

「それはっ……！」

図星を突かれ、返す言葉が見つからない。まさに今、女の子の前で悩んでいたのだから。

俺を見て察したようで父は深いため息を漏らす。

「母さんのしたことはたしかに間違っていただろう。しかし、記憶を取り戻したらお前は苦しむ。それはきっと彼女も同じだったはずだ。だから私は沈黙を貫いた」

父の言いたいことはわかる。それがきっと父なりの優しさだったのだろう。

「それでも俺は言ってほしかった。……萌との記憶を失うなら、一生女の子を救えなかったことを悔やみ、悩む人生のほうがマシだ」

はっきりと自分の思いを伝えたら、父は珍しく目を丸くさせた。しかしすぐに厳しい表情に変わる。

「それは今のお前が言えることであって、昔のお前は違ったはずだ。私の判断は正しかった」

「そうかもしれないが、それでも俺は知りたかった」

萌ならきっと、一緒に分かち合おうと言ってくれたはず。俺だって逆の立場だったら萌のつらさを請け負いたいと思うから。

悲痛な胸の内を明かすも、父は表情を変えずにジッと俺を見つめる。

「親の心子知らずとはよく言ったものだ。俺がどんな思いでお前を見守っていたかも知らずにっ……」

声を震わせる父の姿に、目を疑う。

父はいつも冷たくて、俺のことをただの後継者としか見ていないと思っていた。だけど違ったのか？

ふと、さっきの父の言葉が頭をよぎる。

そういえば俺が悩み、苦しむと思ったから言わずにいたと言っていた。それはつまり俺のためを思ってのことになる。

しかし萌と結婚の挨拶に何度も足を運んだが、両親は頭ごなしに反対し、萌に対してもひどい対応をした。

そんな父が俺のことを思ってと聞かされても、すぐには信じることができない。

「疑うのも無理はない。以前の私はお前のことを息子ではなく、後継者としてしか見ていなかったのだから」

俺の気持ちを見透かすように言い、父は目を伏せた。

「碓氷不動産を継ぎ、今より大きくするために尽力してさえくれたらいいと思っていた。自分でも最低な父親だと思うよ。……でも私もそうやって父親に育てられてきて、それが碓氷家にとっては当たり前だと信じて疑わなかったんだ」

初めて聞く父の話に、俺は口を挟むことなく耳を傾けた。

「それが間違いだと気づいたのは、お前が事故に遭ったと聞いた時だった。秘書から意識不明だと聞き、頭の中が真っ白になったよ。病院へ向かう途中、ただお前の無事を願った」

にわかには信じがたい話だけれど、父が嘘を言っているようには見えない。

「結婚に反対したのも、会社を継ぐ際に後ろ盾になる相手と結婚してほしかったからだった。それがお前の幸せだと疑わなかったんだ」

父は父なりに、俺の幸せを考えてくれていたんだ。だから萌との結婚にあれほど反対したのだと今なら理解できる。それならはっきりと自分の気持ちを伝えなくてはいけない。

「俺の幸せは自ら人脈を広げ、自分の力だけで会社を大きくして、心から愛する人と家庭を築くことだ。……俺が思う幸せを手に入れることが、これまで育ててくれた父さんと母さんへの親孝行だとも思っている」

両親なりに俺の幸せを思って許嫁を用意し、質の良い教養を与えてくれたのだろう。

「だからといって、昔のように父さんと母さんに認められないから駆け落ちするようなことはしない。ふたりに祝福されないと萌を幸せにできないからさ」

「……そうか。なら、早く結婚の約束を取り付けてこい」

「えっ？」

　意外な言葉に聞き返せば、父はふっと笑った。

「今のお前には安心して会社を任せられる。そんなお前にはなんの後ろ盾も必要ないだろう。むしろ必要なのは寛《くつろ》げる家庭だ。母さんはあとで説得すればいい。だから早く彼女に記憶を取り戻したことを伝えてやれ」

　それはつまり、父は俺と萌の結婚を認めてくれたってことでいいんだよな？

「営業部長にお前が今から北海道へ向かい、明日まで戻らないと秘書に言伝を頼んでおいた。残りの営業回りには他の者を向かわせたから」

　そう言って父はポケットから封筒を手に取り、俺に渡した。

「新千歳《しんちとせ》空港行きのチケットだ。明日、プロジェクトの進捗状況を確認したら夕方の便で戻ってくればいい」

　俺の中で父は常に寡黙で笑顔など記憶にないほどいつも硬い表情をしていた。そんな父が頬を緩めて微笑む姿に目を疑う。

「わかったらさっさと行ってこい。急がないとフライトに間に合わないぞ」

「え？　あっ……」

初めて見る父の優しい顔に戸惑う。そしてこれまで口にしたことがなかった言葉、「ありがとう」と言えば、父は驚いた表情を見せた後に目を細めた。

「墓地の入口にタクシーを待たせてある。気をつけてな」

「あぁ。……本当にありがとう」

面と向かって感謝の言葉を伝えることに照れくささを感じ、まともに父の顔を見ることができなくなる。

足早に去り、墓地入口で待っていたタクシーに乗って空港へと向かう。その道中、父から受け取ったチケットを眺めながら様々な思いが込み上げる。

母と同じように父にも萌との結婚は反対されると思っていた。でも違ったんだな。初めて知る父の思いに感謝しながら俺は新千歳空港へと向かった。


約一時間半で無事に新千歳空港に到着し、俺はすぐに萌のもとへと急いだ。しかし、通い慣れたはずの洋菓子店が近づくにつれて緊張が増していく。

記憶を取り戻してから会うのは初めてだからだろうか。会ったらまず、記憶が戻ったことを伝え、萌のことだけを忘れてしまっていたことも謝りたい。

そして肌身離さず持っていた結婚指輪を渡して、凛ちゃんと萌と俺の三人で家族になりたいとプロポーズしたい。

それから凛ちゃんの父親は誰なのかを聞いてもいいだろうか。たとえ俺と萌の間にできた子ではないとしても、凛ちゃんと家族になりたいという気持ちは変わらない。……変わらないけれど、俺の子供だったらどんなに嬉しいか。

いや、その前に萌に自分の気持ちを伝えなくてはいけない。

頭の中でシミュレーションしながら歩みを進めていたら、いつの間にか洋菓子店の前に着いていた。

時刻は十六時過ぎ。この時間、萌は店に立っているだろうか。

店内を覗いたら明子さんと目が合う。するとすぐに近づいてきて彼女は勢いよくドアを開けた。

「碓氷さん⁉」

「こんにちは。ご無沙汰しております」

驚きながらも挨拶をすると、明子さんは俺を見て安心したように肩を落とした。

「よかった、無事だったのね。もう、心配したのよ。頭痛いのは取れたの？」

そういえばあの日、病室に凛ちゃんの姿はなかった。それはもしかしたら俺が倒れて病院に搬送された際、明子さんたちが凛ちゃんを連れ帰ってくれたのかもしれない。

それならこんなにも安心した顔を見せたのにも納得がいく。

「すみません、ご心配をおかけしてしまい。……はい、おかげさまであの日の頭痛がきっかけですべて思い出しました」

そう打ち明けると明子さんは目を丸くして、「本当に？」と聞き返した。

「はい、本当です。萌との思い出もすべて取り戻しました」

「そう。……そうだったのね」

次の瞬間、明子さんの瞳から一筋の涙が流れた。

突然泣き出した彼女に戸惑う中、明子さんは涙のわけを話してくれた。

五年越しのプロポーズ

【必ず戻ってくるから、待っていてほしい】

彼が東京に戻る前に送ってきた一通のメッセージ。私はずっと一言に込められた言葉の意味を考えていた。

平日の十四時過ぎ。静かな室内で翻訳の仕事中に、つい手が止まってしまう。パソコン画面から壁にあるカレンダーに目を向けると、遼生さんが東京に戻ってから一週間以上が過ぎていた。

机の上にある携帯をタップして、新着メッセージがないか確認する作業を何度繰り返しただろうか。

「連絡はなし、か」

今日もやっぱり遼生さんからメッセージや着信はなかった。

待っていてほしいということは、私のことを忘れてはいないということ。ただ、記憶が戻ったかどうかは定かではない。

聞けばすぐに答えてくれるかもしれないけれど、怖くて聞けない自分もいる。もし記憶を取り戻していたら、私との縁をきっぱりと切るために今、準備を進めている可能性だってある。

もしそうなら私の彼に対する想いは、どうすればいいのだろう。凛にはなんて伝えよう。

こんな迷いをずっと繰り返して自問自答している。

待っていると返信したものの、早く戻ってきてほしいような、ほしくないような……。なんともいえぬ複雑な気持ちだ。

とはいえ、凛は遼生さんにしばらく会えないと聞き、すごくショックを受けていた。子供ながらに不安なのか「また会えるよね？」と毎日のように聞いてくる。

それだけ凛にとって遼生さんは大きな存在になっているということ。それを考えるとやっぱり早く戻ってきてほしいとも思う。

こんなことを何度も繰り返している間に時間は過ぎていく。まったく仕事が進まず、私は一度休憩を挟むことにした。

キッチンで珈琲を淹れようと部屋を出ると、リビングから聞き覚えのある声が聞こえてきた。

「嘘」

足早に廊下を進んでリビングに続くドアを開けると、そこには両親の姿があった。

「どうしているの？」

びっくりして言えば、ふたりは顔を見合わせて笑った。

「心配して駆けつけてあげた両親に対する第一声が〝どうしているの〟はないんじゃない？」

「そうだぞ、もっと喜ぶべきだろ」

両親に口々に言われるが、連絡もなしに来たのだから喜びよりも先に驚きがきて当然だ。

「だけど、本当にどうしたの？　もしかしてなにかあったとか？」

急に来るとなると、緊急事態が起きたのかと勘ぐってしまう。しかし違うようで母は首を横に振った。

「いいえ、違うわ。……明子から萌が遼生さんのことで悩んでいるから、相談に乗ってあげてほしいって連絡をもらったの」

「明子さんが？」

きっと明子さんは、私を気遣って両親を呼んでくれたのだろう。明子さんにもここのところ、何度も遼生さんのことを相談していたから。

「明子から聞いてびっくりしたわ。まさか遼生さんが記憶を失うほどの事故に遭い、さらには偶然にも再会したなんて」

「こんなことは父親としてあまり言いたくないが、萌と遼生君は運命の赤い糸で結ばれているんじゃないかと思ったよ」

「本当よね。おまけに凛も遼生さんに懐いているっていうじゃない？　本能で父親だってわかったのかしら」

「そういうものだろ、親って存在は」

勝手に話を進めてふたりは同時に私を見た。

「それで萌はどうしたいの？」

「えっ？」

母に単刀直入に聞かれても、それは私がずっと抱えている悩みでもあるのだからすぐに答えることはできない。

するとと今度は父が口を開いた。

「実はな、昔、萌と遼生君が結婚したいと挨拶に来た時に反対したことを、母さんと父さんはずっと後悔していたんだ」

　そう切り出した父は、苦しげに表情を歪めながら続けた。

「ふたりが一緒になっても、お互いつらい思いをするだけ。それなら結婚して後悔する前に別れさせることがふたりにとっての幸せだと信じて疑わなかった。でも、萌たちが駆け落ちしたと知り、そこまで本気でお互いのことを想っていることに驚き、そして反対したことを悔やんだ」

「一時的な感情で結婚したいと言っているだけだと思っていたのよ。でも違ったのよね、ふたりともすべてを捨ててでも一緒になりたいほど愛し合っていた。それなのにちゃんとわかってあげられなくてごめんなさい」

　初めて知る両親の胸の内に戸惑いを隠せない。でも……。

「謝らないで。……昔は気づけずにいたけど、私も親の立場になってふたりがどうして反対したのかわかったから」

　親なら子供につらい思いをさせたくない。絶対に幸せになってほしい。そのためならいくらでも自分は犠牲になるし、悪者にだってなる。きっと両親も同じ気持ちだったのだろう。

「勝手に家を飛び出した私を、また家族として受け入れてくれて本当にありがとう。おかげで凛に祖父母という存在ができて心から感謝してる」

「萌……」

少し照れくささを感じながらも正直な気持ちを伝えると、父と母の目は少し赤く染まる。父に至っては鼻を啜ってゴシゴシと目を擦った。

「最近涙腺が弱いんだから、泣かせることを言うな」

「ふふ、そうよね。お父さんってば凛の写真を見ただけで泣いちゃうのよ？　びっくりでしょ？」

そう言って笑う母につられて私も頬が緩む。

「やだ、話が逸れちゃったわね。……私とお父さんはなにが言いたいかと言うと、萌が昔と変わらずに遼生さんのことが好きなら、私たちはいっさい反対しないって伝えたかったの」

「萌ももう立派なひとりの親なんだ。萌が悩んで決めた道なら俺たちは応援するし、喜んで協力だってする。だから好きなら遼生君のことを諦めたりするな」

「お父さん、お母さん……」

ふたりの言葉に私まで目頭が熱くなる。

「それにね、親が幸せじゃないと子供も幸せになれないのよ。私たちとしては凛のためにも今も想い合っているなら家族になってほしい。しっかりと話し合いを重ねたうえで一緒にならない選択をした場合は、凛のことを考えて結論を出して」

「ふたりが選んだ道なら、凛もいつかきっと納得してくれるだろうしな。とにかく遼生君が戻ったら一度話し合いなさい」

「……うん」

そうだよね、私が幸せでいないと凛だって幸せになれない。私の幸せは遼生さんとともに生きること。でもそれが叶わないとしても、昔のように後悔するような終わり方はしたくない。

納得して遼生さんと別れたら、きっと私は前を向いて幸せに生きていけるはず。そのためにもちゃんと遼生さんと向き合おう。

「まぁ、結婚することになってまたふたりで挨拶に来た際は、一発遼生君を殴らせてもらうがな」

さっきと言っていることが違わないだろうか。

思わず父を見つめると、私の視線に気づいた父は「俺は本気だからな?」と言う。

「いくら事故に遭ったからとはいえ、萌はひとりで凛を生んで今日まで育ててきたんだぞ？　その報《むく》いを受けるべきだ」

「そうよ、それくらい許してやって。親は子供の幸せが第一なんだから。それを萌も身をもってわかったんでしょ？」

「そうだけど……」

いや、そもそもまだ遼生さんとはなにも話をしていないのだから気が早い。まずは彼が会いに来てくれてからだ。

でもそれもいつになるかわからないし、あと一週間くらい音沙汰なしだったら私から連絡をしてみたほうがいいのかもしれない。

「さて、と。あなた！　萌に言いたいことは言えたし、買い物に出ましょう」

「そうだった。凛が帰ってくる前に欲しがっていたおもちゃを買いに行かないとな」

「えっ！　ちょっと待ってふたりとも」

聞き捨てならない話に慌てて止めに入る。

「まさかまた凛に買うつもり？」

そうでなくても、頻繁に高価なおもちゃや洋服をプレゼントしてくれている。さすがに申し訳ないから断ろうとしたものの、両親は買いに行く気満々だ。

「当然でしょ？　それが私たちの楽しみであり生きがいでもあるんだから、止めないで頂戴ね」

「そうだぞ、萌。お前も孫ができたらわかる。孫はとにかく可愛すぎるんだ。今のうちに甘やかしておかないと、会ってくれなくなったら困る」

「そうね、私たちナシではいられなくしたいわね」

「そのためにも凛が帰ってくる前に急いで買ってこよう」

こうなっては止められないと悟り、私は意気揚々と出かけていく両親を見送った。

「私もいつか凛が結婚して子供ができたら、ふたりみたいに孫バカになっちゃうのかな」

今はまだ想像さえできないけれど、そんな未来もあるんだと思うと前向きな気持ちになる。

「そろそろ凛を迎えに行こうかな」

凛にじいじとばあばが来ていると伝えたら、大喜びするだろう。その姿を想像しながら店に立つ明子さんに伝え、私も家を後にした。

「えぇ～！　じいじとばあばが来てるの？　やったー！　ママ、早く帰ろう」

「はいはい」

保育園に迎えに行き、その帰り道で凛に伝えるとやっぱり大喜びした。そして私の手をぐいぐい引いて急ぎ足になる。

いつも保育園からの帰り道は、決まって遼生さんのことを聞いてきたのに両親のおかげで今日は気が逸れたみたいだ。

そういえば両親はいつまでいるんだろう。凛もふたりのことが大好きだし、数日はいてくれたらいいな。

帰ったら聞こうと思い、凛と手を繋いで帰り道を急ぐ。

「じいじとばあばとねー、凛、いつもの公園に行きたいなぁ。あとは一緒にご飯も食べに行きたいな」

「どっちも聞いてみようか」

「うん！　あ、でも凛が聞くからね。ママは聞いちゃだめだよ？」

「わかったよ」

釘をさす凛が可愛くてたまらない。繋いだ手をぶんぶん振って商店街を抜け、見えてきた洋菓子店。すると急に凛が足を止めた。

「どうしたの？　凛」

不思議に思って呼ぶと、凛は急に私の手を離した。

「りょーせー君だー‼」

大きな声で叫びながら、凛は一目散に洋菓子店へと向かっていく。

「待って、凛！」

私もすぐに後を追ったが、凛の向かう先にいる人物を見て足が止まる。

「……嘘」

駆け寄る凛を受け止めるため、遼生さんは膝を折って両手を広げた。

遼生さんは勢いそのままに飛び込んできた凛を優しく抱き留めると、ゆっくりと立ち上がる。

そして「りょーせー君、元気だった？」と聞く凛の顔を見つめる。そんなふたりを前にして、私は一歩も動くことができずにいた。

遼生さんが約束通り戻ってきた。彼と会える日を不安に思いながらも待ちわびていたはずなのに、やっぱり恐怖心が大きい。

遼生さんの記憶は戻っているのだろうか。私と凛のことを覚えている？　記憶を取り戻していたとしたら彼は今、どんな思いで凛を抱いているの？

知るのが怖くて微動だにできない中、凛が小首を傾げながら「りょーせー君？」と声をかけた。

「凛ちゃん……っ」

震える声で凛の名前を呼びながら、遼生さんの頬に一筋の涙が伝う。

「えっ！　ど、どうしたのりょーせー君！」

突然涙を流した遼生さんに凛は慌て出す。

「痛いの？　大丈夫？」

心配する凛を遼生さんは目を細めて愛おしそうに見つめた。

「いや、違うよ。……やっと凛ちゃんに会えたのが嬉しかったんだ」

「凛もりょーせー君に会えて嬉しいよ？　でも凛は泣かないよ？」

「そうだね、嬉しいのに泣くのは変だよね」

笑いながらも遼生さんは静かに涙を流し続ける。

遼生さんの涙に戸惑いを隠せずにいる中、彼は手で涙を拭ってこちらを見た。

「萌」

「……えっ」

待って、私の聞き間違い？　だって遼生さんはいつも私のことを「萌ちゃん」と呼んでいた。「萌」と彼に呼ばれていたのは、まだ私たちが付き合っていた時。それじゃ、もしかして……。

遼生さんは凛を抱えたまま、緊張が増す私との距離をゆっくりと縮めていく。そして私の目の前で足を止め、苦しげに顔を歪めた。

「ごめんな。あの日、待ち合わせ場所に行くことができなくて。ひとりで待たせてごめん」

「遼生さん、記憶が……」

「あぁ、戻ったよ。全部思い出した。萌と出会った日のことも一緒に過ごした日々も、駆け落ちを約束した日に、花束と結婚指輪をサプライズで準備してプロポーズしようと計画していたことも、全部思い出した」

私の声を遮り放たれた言葉に、一瞬息が詰まる。

本当に遼生さんは記憶を取り戻したの？　すぐには信じることができず、なかなか言葉が出てこない。

それを察知したのか、遼生さんは申し訳なさそうに続けた。

「そう言われたって、再会してからもずっと萌のことを忘れていたんだから説得力がないよな。本当にごめん」

そう言って遼生さんは困惑する凛を見つめた。

「こんなに可愛くて優しい子をひとりで生んで育ててくれてありがとう」

「どうして凛のことを知って……」

私との記憶を取り戻しただけなら、凛が遼生さんの子だとは知らないはずなのに。

驚きを隠せずにいると、遼生さんはチラッと洋菓子店のほうを見た。

「ふたりが帰ってくる前に明子さんから全部聞いたんだ。つらい時、そばにいられなくて本当にごめん」

涙を流しながら謝罪の言葉を繰り返す遼生さんを見て、本当に記憶がすべて戻ったのだと確信を持てた。

「それと俺が倒れた時に病院で付き添ってくれていたのに、母さんと珠緒が萌にひどいことを言ってごめん」

「どうしてそれを……」

もしかしてあの時、目を覚ましていたの？

私の予想は当たっていたようで、彼は眉尻を下げた。

「あの時はまだ記憶が戻っていなくて、なんのことか理解できず守ることができなくて悪かった。……珠緒には俺の気持ちを伝えて婚約破棄したから。駆け落ちを決めた時に破棄しておけば、萌につらい思いをさせなかったのに、本当に悪かった」

「謝らないでください、遼生さん」

そっと彼の肩に手を触れた瞬間、わずかにビクッと身体が反応した。

「私なら大丈夫ですから。それにあの日、遼生さんは私との待ち合わせ場所に向かう途中に事故に遭い、記憶を失ったと全部聞きました。待ち合わせ場所に来なくて、家は引き払った後で。そして別れのメッセージをもらい、もう完全に遼生さんは私のことが嫌いになったんだって思ったんです。それで確認もせずにひとりで東京を離れちゃいました。だから私も悪いんです」

「萌……」

ちゃんと遼生さんに愛されていると実感できていたのに、メッセージを信じて彼のことを信じることができなかった私のせいでもある。

「それに再会してからも、記憶を失ったことで苦しんでいることを打ち明けてくれたのに、事実を話せずにいてごめんなさい」

「なにを言って……っ！　それは俺のためだったんだろう？　萌が謝ることでも気に病むことでもない」

「でもっ……」

私が再会した日に話していたら、もしかしたら遼生さんは記憶を取り戻していたかもしれない。

言わなかったのは、もう二度と私に笑顔を向けてくれない、会えなくなるかもしれないと怖くなったからだ。だけどそれはすべて身勝手な思いだった。

「本当に萌は悪くない。おかげで俺は萌に二度恋することができた。さらにはこんな愛らしい天使にまで会えたんだ。感謝しかないよ」

「遼生さん……」

感謝だなんて——。それは私のほうだ。

「私も感謝しています。こうしてまた遼生さんと再会することができて、昔よりもっと好きになることができたんですから」

大きく目を見開いた遼生さんに、自分の思いを伝えていく。

「凛を授かってひとりで育てていくと覚悟を決めたはずなのに、遼生さんと再会してから気持ちが揺らいでいきました。私……ずっと遼生さんのことが忘れられなかったんです。できるなら遼生さんと凛と三人で幸せになりたい、家族になりたいって望むようになったんです」

何度も迷い、悩みながら出た答え。私は遼生さんが好き。この先もずっと一緒にいたい。

「好きです。昔よりずっと。今度こそ遼生さんと幸せになりたいです」

「萌っ……！」

次の瞬間、遼生さんは凛を抱いていない手で私を引き寄せた。

五年ぶりに感じる彼の温もりに涙が零れ落ちる。ずっとこうして抱きしめてほしかった。「萌」って呼んでほしかったんだ。

「悪いけど、俺のほうが昔よりずっと萌のことが好きだから。俺も萌と凛ちゃんの三人で幸せになりたい」

そう言って彼は私の頬にキスを落とした後、凛をそっと地面に下ろした。

「ごめん、凛ちゃん。ちょっと待ってて」

「……うん、いいよ」

返事をした凛は、不思議そうに私たちを見上げた。そして遼生さんはポケットから綺麗な箱を手に取ると、私に向かって跪いた。

「え？　遼生さん？」

なんで跪いたりしたの？　その理由がわからず戸惑う私に遼生さんはゆっくりと箱の蓋を開ける。

その中には大きさが違うふたつの指輪が入っていた。

「これって……」

遼生さんと指輪を交互に見てしまう。すると彼はふわりと笑った。

「言っただろ？　サプライズで指輪を用意していたって。遅くなってしまったけど、萌、俺と結婚してくれませんか？　俺に萌と凛ちゃんを守らせてほしい」

それはずっと待ち望んでいた五年越しのプロポーズ。断る理由なんてない。

「……はい！」

力強く返事をして、私は彼から指輪の箱を受け取った。

「えぇー！　ママとりょーせー君、結婚するの!?」

見ていた凛が興奮気味に大きな声で叫んだものだから、私と遼生さんは顔を見合わせて笑ってしまった。

彼は「すごい」と連呼する凛を優しく抱き上げ、少し緊張した面持ちで口を開いた。

「俺が凛ちゃんのパパになってもいいかな？」

私にも緊張がはしる。凛は遼生さんのことが大好きだけれど、父親となると話が違うのだろうか。

ふたりで凛の反応を見守っていると、凛は「うーん……」と唸《うな》りながら私を見た。

「ママ、凛のパパはもう会えない人なんでしょ？」

「えっ？　あっ」

「会えないパパがいるのに、りょーせー君が凛のパパになってもいいの？」

そういえば凛に父親について話したことがあった。そっか、凛はそれをちゃんと覚えていたんだね。

四歳でも記憶力はしっかりしていることに感心しながら、凛の髪をそっと撫でた。

「ママ、凛に謝らなくちゃいけないことがあるの」

「なに？」

「凛のパパはね、遼生さんなの。ママには凛と遼生さんに本当のことを言えない理由があって、ふたりに言えずにいたの。……本当にごめんね」

可愛らしく小首を傾げる凛に理解できるよう、言葉を選びながら伝えた。そんな私の言葉を聞き、必死にわかろうとしているのか凛は頭を抱えた。

「凛……よくわからないけど、ママは悪いことをしようとして、凛に嘘をついたんじゃないでしょ？」

「もちろんよ」

「じゃあママは、ごめんなさいしなくてもいいよ。凛、りょーせー君がパパで嬉しいから」

笑顔で言うと、凛はギューッと遼生さんに抱きついた。

「りょーせー君も嬉しいでしょ？」

上目づかいで聞かれた遼生さんは、凛の愛らしさに胸を撃ち抜かれたのか「もちろんだ」と必死に声を絞り出した。

「よかったー。そうだ！　明日ねー、保育園のみんなに凛のパパはイケメンだって自慢しなくちゃ」

　ウキウキしながら言う凛に、私と遼生さんは声を上げて笑ってしまった。

　しばし笑いあった後、遼生さんは真剣な面持ちで口を開いた。

「萌と結婚するにあたって、俺は昔のように逃げて萌たちと幸せになりたいわけじゃない。今度こそ周りに祝福されて結婚しよう。そうでなければ萌と凛ちゃんを心から幸せにできないと思っている」

　きっと昔のように私たちが一緒になることは難しいだろう。両親は賛成してくれたとしても、彼の両親は違うはず。

「そのためには萌に嫌な思いをさせてしまうかもしれない。……それでも俺と一緒に乗り越えてくれるか？」

　なぜ遼生さんは不安げに聞いてくるのだろうか。私が嫌だと言うとでも思っているの？

「当たり前じゃないですか。私も同じ気持ちです。凛のためにも遼生さんのご両親に認めてもらって結婚したいです」

両親と話をして心からそう願った。凛にもパパだけじゃなく、祖父母がもうひとりずついることも教えてあげたい。

「ありがとう。ふたりで頑張ろう」

「はい！」

「えぇー、凛もいるのに！　凛も頑張るよ？」

横から話に入ってきた凛に、遼生さんは目を瞬かせた後、顔をクシャッとさせて笑った。

「あぁ、そうだな。凛ちゃんも入れて三人で頑張ろう」

「そうだね、凛。頑張ろうね」

「うん！　凛、頑張る‼」

きっとなにを頑張るのかわからないんだろうけれど、それでも私と遼生さんと一緒に乗り越えようとしてくれているのが伝わってくる。

うん、私たち三人なら大丈夫。どんなことが起こっても乗り越えられる。

凛と遼生さんの笑顔を見てそう思った。

ふたりで幸せになるために

「いや～、本当にめでたい！　よかったな、萌ちゃん」

一杯飲んだだけですっかりほろ酔い気味の文博さんは、いきなり泣き出した。

「もう、あなたったら。凛がびっくりしているわよ？　ねぇ、凛」

「うん、ふみじい、なんで急に泣いたの？」

この日の夜、いつもの四人に両親と遼生さんを加え、賑やかな食卓を囲んでいた。

「それはふみじいはな、凛にパパができて嬉しいからだよ」

「うん、凛も嬉しい」

「そうかそうか」

唐揚げを食べながら満面の笑みで答える凛に、文博さんは泣き止んですっかりデレデレ。

「ふふ、文博さんってばうちの人より凛のおじいちゃんって感じね」

母がそう言うと、明子さんも「そうなのよ」と言って続ける。

「凛を可愛がる姿は本当に孫バカだと思う」

明子さんに言われ、文博さんは「お前だってそうだろう」と反撃に出た。

「いつもお客さんに凛の自慢ばかりしているじゃないか」

「当たり前でしょ？　凛は本当に可愛いんだから」

ふたりを見て母は声を上げて笑う。とても賑やかで、幸せな食卓だ。……父と遼生さんを覗いては。

チラッとふたりを見る。

凛が遼生さんの隣がいいと言ったのもショックだったようで、反対側の席を意地で父は確保した。

そんな父はご飯を食べ進めながら遼生さんをジッと見つめるばかり。ただでさえ遼生さんは居心地が悪いはずなのに、父のせいでさらに気まずい思いをしているに違いない。

それというのも、遼生さんからプロポーズを受けて三人で抱き合う姿を、ちょうど凛へのプレゼントを買いに行って戻ってきたふたりに見られたのだ。

母は大喜びして、父は複雑そうに唇を噛みしめていた。そして興奮した母は明子さんや文博さんにも報告し、あれよあれよという間に今の状況になっていた。

「りょーせー君、唐揚げ食べる？」

「あ、うん。食べようかな」

「じゃあ凛が食べさせてあげる。はい、あーん！」

凛がフォークに唐揚げをさして遼生さんの口まで運ぶ。いつもだったら喜んで食べるところだと思うけど、すぐ隣には父がいるからか遼生さんは遠慮気味に凛に食べさせてもらった。

「おいしい？」

「うん、美味しいよ」

仲が良い凛と遼生さんに、父はジェラシー全開でものすごい形相で睨んでいる。

「ねぇ、りょーせー君」

「ん？　なに？」

するとなぜか凛は照れくさそうにもじもじし出した。

「りょーせー君のこと、これからはパパって呼んでもいい？」

不安げに遼生さんの様子を窺いながら聞く凛に、遼生さんはすぐに答えた。

「もちろんだよ。……凛ちゃんにパパって呼んでもらえたらすごく嬉しい」

「本当？」

「うん」

遼生さんの返事を聞き、凛はパッと表情が明るくなる。

「じゃあえっと……パパも凛のことをママみたいに〝凛〟って呼んでいいよ？　ねぇ、ママ。いいよね？」

確認してきた凛に私もすぐに「もちろん」と答えた。

「ありがとう。じゃあ俺も凛って呼ぶね」

「うん！」

呼び方が変わっただけで一気にふたりの距離が縮まった気がする。

そんな微笑ましいやり取りを見て、父は複雑そうな表情を浮かべた。それを見て明子さんは母に耳打ちする。

「ねぇ、お義兄さんどうしたの？」

「あぁ……ちょっとね、萌」

「アハハ……」

話を振られ、乾いた笑い声が漏れてしまう。

父としては遼生さんと会ったら、私のためにも一発殴りたいと言っていたが、凛があまりに遼生さんに懐いていたからかそれができない状況だ。

なにより両親が会いに来た時、凛はいつも「じいじ」と言って父にべったりだったのにもかかわらず、今日に至っては凛は遼生さんしか目に入っていないようで、それもまた父の癇《かん》に障《さわ》っている様子。

微妙な空気を察知できていないのは、ほろ酔い気味の文博さんだけ。

すると、ずっと口を閉ざしていた遼生さんが真剣な面持ちで父を見据えた。それだけでビクッとなる父に対し、遼生さんは深く頭を下げた。

「こんな形でご挨拶をすることになってしまい、申し訳ございません。……萌さんにはたくさんつらい思いをさせてしまいましたが、その分、これからは萌さんも凛も全力で守り、幸せにします」

両親に挨拶をする彼の姿に、胸が熱くなる。

五年前も挨拶をしてくれたけれど、その時とは違い言葉に重みがあるよ。それを父も感じ取ったのか、深いため息を漏らした。

「本音を言うと、こうやって遼生君が挨拶に来たら、萌と凛のためにも一発殴ってやろうと思っていたんだ。でもこんな幸せそうな凛を見せられ、丁寧に挨拶をされたらできない」

がっくり項垂れる父に遼生さんは困惑しながら「殴ってくださってもけっこうです」と言う。

「俺はそれだけのことをしましたから、遠慮なくどうぞ」

「できるか！」

すかさず立ち上がって突っ込んだ父に、私と母、明子さんは思わず笑ってしまった。

そんな中、父の話を聞いた凜は本気で心配して父に詰め寄る。

「じいじ、パパを殴ったら凜、じいじのこと嫌いになるからね！」

「そんなっ……！　殴ったりしないから嫌いにならないでくれ」

本気でショックを受ける父に、私たちの笑いは増す。よく見れば遼生さんも視線を落として笑いをこらえていた。

明子さんたちの強い勧めで遼生さんは泊まることになり、初めて彼は凜と一緒にお風呂に入った。

おかげで私は久しぶりにひとりでゆっくりとお風呂に入ることができて部屋に戻ると、すでに凜は眠っていて遼生さんが人差し指を立てた。

「ちょうど今寝たところなんだ」

「すみません、寝かしつけまでしてもらって」

凜が起きないように私たちはベランダに出た。

「やっぱり北海道の空気は澄んでいるな、星がすごく綺麗だ」

「私もこっちに来た頃は毎日夜空を見上げていました」

それほど北海道は東京とは違う。

しばしふたりで綺麗な星空を眺める。そんな私たちの左手薬指には、お揃いの指輪がはめられている。

さっきの食事の席で凛が「パパとママ、さっきの指輪つけないの？」と言ったことから、私たちはまるで結婚式のようにみんなの前でお互いに指輪をつけ合った。

「遼生さんが私の両親に挨拶をしてくれたので、今度は私の番ですね」

反対されることは目に見えているけれど、一回で認められるとは思っていない。長期戦を覚悟している。

「そうなると凛が保育園に行っている時がいいと思うので、平日になりますかね？」

「いや、凛も連れていこう」

「えっ？」

思いもよらぬことを言い出した遼生さんに耳を疑う。

「待ってください、凛を連れていくって本気ですか？」

五年前に彼とふたりで挨拶に伺った際、とてもじゃないけれどつらい扱いを受けた。

それはきっと今も変わらないはず。そうわかっているのに、凛を連れていくことなんてできない。

しかし遼生さんの考えは違うようで、大きく頷いた。

「俺が萌に会いに来られたのは、父さんの後押しがあったからなんだ。早く記憶を取り戻したことを伝えて、ふたりで結婚の挨拶に来いって言ってくれた」

「本当、ですか？」

彼の母だけではなく、父も私たちの結婚には大反対していた。それなのに私と遼生さん、ふたりで結婚の挨拶に来いなんて言ったの？

すぐには信じられない話だけれど、現に私の両親は五年前とは違って心から祝福してくれた。

あんなことを言っていた父だけれど、最後には遼生さんに「萌と凛をよろしくお願いします」と深々と頭を下げてくれたもの。

彼の父だって気持ちが変わったのかもしれないけれど……。でも、五年前の反対ぶりが鮮明に記憶に残っているから素直に頷けない。

「萌の言いたいことはわかる。でも本当に父さんは俺たちの結婚を認めてくれている。あとは母さんだけだが……。ふたりとも女の子がすごく欲しかったようで、孫は絶対に女の子がいいって言っていたんだ。きっと凛の存在を伝えたら、会いたいって言うと思う」

「でも……」

だからといって、結婚を認めてくれるとは限らない。歓迎されるのは凛だけだったら？　私だけ除《の》け者にされるのはかまわないけれど、優しい凛のことだ。私がそんなことをされたら悲しむはず。

「もちろん事前にふたりに聞いてみるよ。反応が悪かったら連れていかない。その時はまずはふたりで行って両親を説得しよう」

「……はい」

不安は残るが、遼生さんを信じてみよう。それに凛だってもうひとりずつ祖父母がいると知ったら喜ぶよね。きっと会いたいと言うはず。

「ごめん、せっかく幸せな気持ちでいたのに不安にさせた」

彼の腕が肩に回り、ゆっくりと引き寄せられた。遼生さんの温もりを感じると、自然と不安が消えるから不思議だ。

「いいえ、私こそすみません。……自分がつらい思いをするのはいいんです。でも凛にだけはさせたくなくて」

「あぁ、それはもちろんだけど、俺は萌にもつらい思いをさせるつもりはない」

力強い声で言うと、遼生さんは優しく私の髪を撫でる。

「明日、一度東京に戻って両親と話をつける。それからふたりで結婚の挨拶に行こう」

「え？　でもそれじゃ遼生さんにだけ負担をかけちゃうじゃないですか」

これはふたりの問題なのに、彼にだけすべてを背負わせるわけにはいかないよ。

「もちろん萌にも挨拶に来てもらうよ。その前に俺が両親としっかりと向き合うべきなんだ。……とくに母さんと、な」

「遼生さん……」

声が悲しげで思わず顔を上げると、目が合った遼生さんは無理して笑顔を作った。

「また待たせることになってごめん。少しだけ俺が両親と話し合う時間をくれないか？」

「もちろんですけど、本当にいいんですか？」

「あぁ、大丈夫。俺には萌と凛がいるから。だからさ、毎日顔を見ながら電話で話をさせてくれ。そうでないと萌と凛不足になると思う」

「ふふ、なんですかそれ」

つい笑ってしまえば、遼生さんはホッとした顔を見せた。

「本当だよ。東京でどれだけふたりに会いたいと思ったか。……もう二度と離れたくない」

急に彼の端正な顔が近づいてきて、そっと頬にキスを落とされた。

久しぶりのキスにびっくりしたけれど、嫌なわけがない。むしろもっとしてほしいくらい。

「私も離れたくないです」

再会してからその気持ちがさらに強くなった。遼生さんと一緒にいられない未来なんて考えられないくらいだ。

至近距離で見つめ合っていると、胸の鼓動の速さが増していく。

「萌……キス、してもいい？」

甘い声で囁かれた言葉に、かあっと顔が熱くなる。

「……どうして聞くんですか？」

恥ずかしく思いながらも、優しい瞳で見つめられたら目を逸らすことができない。

鏡を見なくても今の私の顔は真っ赤に違いない。その証拠に遼生さんは意地悪な笑みを浮かべた。

「久しぶりだし、ちゃんと了解を取ろうと思ってさ。……キスしてもいい？」

もう一度聞かれ、悔しさを圧《お》し潰すように唇をギュッと噛みしめた。

「……だめって言ったらしないんですか？」

私はこんなにドキドキさせられているのに、遼生さんが余裕たっぷりなのが悔しくて反撃に出た。

すると彼は少し目を見開いた後、ふわりと笑う。

「ごめん、だめって言われてもしたい」

「それは……んっ」

言い返そうとした私の声を遮り、遼生さんは唇を塞いだ。触れるだけのキスをした後、一度はゆっくりと離れるが、少しでも動けば再び唇が触れる距離で彼は私の様子を窺う。

「もう、どうしてそんなに見るんですか？」

「んー……それは久しぶりに照れる可愛い萌を堪能したいから」

「堪能しなくていいですよ」

「いや、堪能させてくれ」

そう言って遼生さんは自分の額を私の額に押し付けた。

「本当、こんな俺を好きでいてくれてありがとう」

「なに言ってるんですか？　それは私のほうです。……もう一度私を好きになってくれてありがとうございます」

記憶を失っても、もう一度私を好きになってくれた。それがどんなに嬉しかったか。

「それは萌が俺の運命の相手だからだよ。きっと俺は何度記憶を失っても、萌を好きにならずにはいられないんだと思う。……萌、俺と出会ってくれてありがとう」

嬉しすぎて言葉が出てこない代わりに、涙が零れ落ちた。

私も遼生さんに「私と出会ってくれてありがとうございます」って言いたいのに、胸がいっぱいで言葉が出ないよ。

「まいったな、泣かせるつもりはなかったんだけど」

優しく涙を拭われると、ますます止まらなくなる。

「私……この先、なにがあっても遼生さんを信じますから」

たとえ五年前と同じことが起きたとしても、彼に直接聞いたことしか信じない。

「うん、ありがとう。……なにがあっても萌を好きな気持ちだけは信じて」

「はいっ……！」

星空の下、私たちは唇が腫れるほど何度も口づけを交わした。

「んっ……！　遼生さん、もう……っ」

「もう少し」

　このやり取りを何度繰り返しただろうか。触れるだけのキスはいつしか熱いキスへと変わっていった。

　唇を割って彼の舌が入ってくると、脳内が麻痺するような甘い刺激を与えられ続けている。そろそろ自分の足で立っているのも限界に近い。

　それに気づいたのか、遼生さんは名残惜しそうにキスを止めてくれた。

「これ以上したら止まらなくなりそうだから」

　そう言って深く息を吐き、遼生さんはギューッと私を抱きしめた。

「この続きは、すべてが片づいたらな」

　それはつまり、キスの先をするということだよね？

　何度も身体を重ねてきたけれど、五年ぶりともなると緊張してしまう。

「もしかしてまただめって言う？」

「えっと……いいえ、言いません」

　恥ずかしさを押し殺して返事をしたら、遼生さんは「それならよかった」と言ってさらに強く私を抱きしめた。

　一緒に過ごしていく時間が増えるたびに、もっと触れたいと思うのだろう。でも今はまだこの温もりに包まれるだけで充分幸せだ。

それからも私たちはベランダで星空を眺めながらキスを交わし、互いの温もりを感じ合った。

次の日、彼は凛との別れを惜しみながら仕事へ出かけていった。そのまま帰りの便に乗る。

凛は寂しがっていたけれど、別れ際に遼生さんから「できるだけ早く凛に会いに来るから待ってて」と言われたからか、泣かずに遼生さんを見送っていた。

そしてさっそく保育園でカッコいいパパができたと自慢してきたようだ。そのことをテレビ電話で凛と報告したところ、遼生さんは嬉しそうだった。

でも凛から「パパの写真を送って。みんなに見せる約束をしたの」とお願いをされた時は、お友達にカッコよくないと言われないかと不安がっていたけれど、実際にメッセージで送ってもらった写真をプリントして保育園に持たせたところ、みんなからカッコいいと絶賛されたようで、それを聞いた彼もホッとしていた。

遼生さんは今、商店街のプロジェクトが大詰めを迎えているようで忙しそうだった。なかなか両親と会う時間が取れず、申し訳ないと電話をするたびに謝ってくる。

でもあと一週間もすれば一段落し、視察のために北海道に来ると言っていた。それまでに両親と話をつけるからというので、彼が東京に戻る時に私たちも一緒に向かうことになった。

「いよいよ明日か」

遼生さんが東京に戻ってから半月が過ぎた。久しぶりに遼生さんに会えると聞き、凛は興奮したのか二十一時を過ぎても眠れず、寝たのは二十二時過ぎだ。

凛が眠ったのを確認し、私は締切前だった翻訳案件を一件終えて送信し、ストレッチしながらベランダに出た。

今夜は曇っていて星空は眺めることができない。たったそれだけのことなのに、明日彼の両親に久しぶりに会うことが不安になる。

遼生さんが言うには、両親ともに私と凛に会いたいと言ってくれたようだが、彼の母に関しては本当なのかと疑ってしまう。

病院で会った時にはすごく反対していたし、私のことを毛嫌いしていたもの。それがこんな短期間で変わるのだろうか。

不安で仕方がないけれど、前に進むためには直接会って私の気持ちを伝えるしかない。大好きな遼生さんのご両親だもの、いつかは認めてもらえると信じないとだめだよね。

明日、遼生さんは朝一の便で新千歳空港に到着後、大型商業施設の視察に向かい、昼前にはこっちに来ると言っていた。

それから午後の便で三人で東京へと向かい、彼のご両親と夕食をともにする。そのまま遼生さんの住むマンションに泊まる予定だから、凛は張り切ってお泊まりの準備をしていた。

凛は飛行機に乗るのが初めてだから、本当に明日が楽しみで仕方がないのだろう。

でも凛には遼生さんの住む東京に遊びに行くだけとしか伝えていない。もし、万が一に凛に祖父母に会いに行くと期待させて、彼のご両親が凛に冷たい態度を取ったら？

間違いなく凛は悲しむはず。だったら会ってから向こうの出方を見て凛に打ち明けようと考えている。

それを遼生さんにも伝え、了承を得ている。彼は私の気持ちもご両親に伝えてくれたようで、会ってから自己紹介すると言っていたという。

凛にとって明日が最高の一日になることを祈るしかない。

部屋に戻り、私も明日に備えて早めに就寝した。

「ママー、凛の髪、変じゃない？」

「うん、可愛いから大丈夫だよ。明子さんにやってもらったの？」

「そうなの。あっこばあじょうずだよね」

次の日、凛は五時に起きて準備をしていた。

お気に入りの服を時間をかけながらひとりで着替えたかと思えば、私が朝食の準備をしている間に仕込みを終えた明子さんを捕まえて、可愛く髪をセットしてもらったようだ。

「すみません、明子さん。ありがとうございました」

手鏡を見てウキウキしている凛を横目にコソッと明子さんにお礼を言う。

「いいのよ、凛が頼ってくれて嬉しかったし。碓氷さんのご両親も凛の可愛さにメロメロになるでしょう」

まだ手鏡で自分を見ている凛を見て、明子さんがメロメロ状態だ。

「そうだ、これ私と文博から」

「え？」

明子さんに渡されたのは、お店で売っている焼き菓子の詰め合わせだった。

「手土産が必要でしょ？」

「すみません、ありがとうございます」

文博さんが作ったお菓子なら間違いない。だってどれもすごく美味しいもの。

「うまくいくことを祈っているわ。頑張ってきてね」

「……はい！」

それから仕込みを終えた文博さんにも改めてお礼を言い、四人でのいつもの和やかな食卓を囲んだ。

そして遼生さんが来るまでの間、凛と一緒にお店に立っていると、訪れた常連客はみんな「おめでとう」と言ってきた。

それというのも、店の前で遼生さんにプロポーズされたため、見ていた一部の商店街の人によって拡散されてしまったのだ。

商店街では私と和泉君を……という話題が上がっていただけに、変な噂が立つのではないかと思っていたけれど、それは杞憂《きゆう》に終わった。

事情を知っていた和泉君が先手を打ってくれた。私にプロポーズしていた相手は凛の父親で、遼生さんが事故で記憶を失い、それでも偶然再会してまた恋に落ちた奇跡のふたりだと広めてくれた。

そのおかげもあって、半月経った今も会うたびに祝福されている。

「俺は失恋した寂しい男になったけどな」

「本当にごめんね」

明子さんから聞いたようで、和泉君が見送りにきてくれた。だけどちょうど常連客と鉢合わせし、「振られたのに今まで通りで偉いわね、和泉君」と哀れまれていた。

凛に至っては〝失恋〟がなにかもわからないため、哀れむ常連客を見て「和泉君、どこか痛いの？」と心配する始末。

和泉君には悪いけれど、思わず笑ってしまった。

「凛ちゃん、今日はまた可愛くおしゃれしてるね」

「朝から張り切っちゃって」

そんな凛はただいまおやつ中。奥で文博さん特製の大好きなロールケーキを食べている。

「そうだ、これ」

思い出したように和泉君は手にしていた袋を私に差し出した。

「父さんが持って行けってさ。うちの商品の中で最高級品だって」

「え？　嘘、いいのに」

「いいからもらってよ。相手は碓氷不動産の社長だろ？　これくらいの賄賂《わいろ》は持って行かないと」

冗談交じりに言う和泉君につられて、私もクスリと笑ってしまう。

「今度はちゃんと認められるといいね」

「……うん」

心遣いに感謝してありがたく受け取ったのは、シャインマスカットだった。

「母さんが綺麗にラッピングしてくれたんだ」

「本当にありがとう。おじさんとおばさんにもお礼を言っといてね」

「あぁ、わかったよ」

おじさんとおばさんだけじゃない、商店街のみんな顔を合わせると声をかけてくれて、凛に食べさせてあげてといって色々な物をくれる。

商店街のみんなに出会えて本当に私は幸せだと思う。

「それにしても寂しくなるな。結婚したら当然東京に戻るんだろ？」

「そうだと思う」

結婚後の話をまだはっきりと遼生さんとはしていないけれど、彼の仕事は東京だ。

結婚したら私と凛が引っ越すのが当然だろう。

凛だって遼生さんと一緒に暮らしたいはず。明子さんと文博さんもそれはわかっているようで、凛とできるだけ多くの思い出を作りたいと言っていた。

「でも東京と北海道なんて、飛行機で二時間もかからない距離なんだ。いつでも帰ってきたらいい。みんな待ってるからさ」

「……ありがとう」

そうだよね、なにも一生会えないわけではない。会いたくなったらまた帰ってくればいいんだ。

「その前にまずは結婚を認めてもらうことだな。まぁ、萌ちゃんと凛ちゃんなら大丈夫！　誰にだって好かれるだろ？」

和泉君なりにエールを送ってくれているのが伝わってくる。

「それはどうかわからないけれど、でも頑張ってくるよ」

「あぁ、いい報告を持って帰って来るのを待ってる」

「うん」

和泉君は店番があるからと最後に凛を抱きしめて帰っていった。

それから少しして視察を終えた遼生さんが迎えに来てくれた。私たちは明子さんと文博さんに見送られ、新千歳空港へ向かった。

「うわぁ、ママ！　飛行機がいっぱいだよ」

「そうだね、凛。でも少し声を抑えようね」

ラウンジで見えるたくさんの飛行機に大興奮した凛の声は大きくて、周囲にいた人にクスクスと笑われてしまった。

それにしても空港にあるラウンジになんて初めて入ったけれど、広々としていて滑走路も飛行機もよく見える。

「はい、凛、オレンジジュースをどうぞ」

「ありがとう、パパ！」

遼生さんからオレンジジュースを受け取り、凛は上機嫌で飲む。

「萌もどうぞ」

「ありがとうございます」

珈琲を渡され、飛行機を眺めながら飲んでいるとこれから彼の実家に行くことを忘れそうになる。

さらに驚きだったのが、彼が取ってくれたチケットはファーストクラスだった。

遼生さんは凛を膝に乗せて窓側の席に座り、一緒に窓から空の様子を眺めてくれて、疲れるだろうから休んでいていいと言われ、ひざ掛けをかけてくれた。

昨夜は早くに布団に入ったものの、今日のことを考えるとなかなか寝付くことができなかったから、彼の優しさに甘えてひと眠りしてしまった。

「まいったな、まさかこのタイミングで寝るとは」

「昨日は遅くまで起きていて、今朝は早く起きたからだと思います」

無事に羽田《はねだ》空港に到着し、タクシーで遼生さんの実家に向かう道中、凛は彼に抱かれて眠りに就いてしまった。かなり熟睡していてしばらく起きなそうだ。

でも彼のご両親がどんな反応をするのかわからないし、かえってよかったのかもしれない。

「凛に会えるのをふたりとも楽しみにしていたから、残念がるだろうけど仕方がないな。凛が起きたら紹介しよう」

「……はい」

いくら遼生さんの言葉でも、しっかりと自分の目で確かめるまでは信じることができないよ。

タクシーの中からは見覚えのある景色が見えてきた。閑静な高級住宅街に入り、いよいよ対面するのだという緊張が増してくる。

それを感じ取ったのか、遼生さんはそっと私の手を握った。

「大丈夫、緊張することはない。俺がついているから」

そうだ、どんな態度を取られようと私には遼生さんがいる。彼と一緒に生きていくためにも乗り越えなければいけないんだ。

「はい、ありがとうございます」

彼に勇気をもらい、私は五年ぶりに彼の実家を訪れた。

高級住宅内でもひときわ目立つ大豪邸。大きな門扉が開くとさらに三十メートルほど歩いた先に本宅がある。

芝生が張られた庭には花壇もあり、季節の花が咲き誇っていた。

三階建ての家のドアの前には、五十代くらいの女性の使用人が立っていた。

「お帰りなさいませ、遼生さま」

遼生さんに向かって深々と頭を下げた後、女性は私にも頭を下げた。

「お待ちしておりました、どうぞ中へお入りください」

五年前にはなかった歓迎の言葉に、驚きを隠せない。五年前も使用人に案内されたけれど、なにも言われずにご両親が待つリビングに通されただけだった。

「お嬢様はどうなさいますか？　寝室をご用意しましょうか？」

「いや、目を覚ました時に驚くだろうし俺が抱いているからいい」

「かしこまりました。では後ほどブランケットをお持ちします」

「あぁ、頼む」

使用人に案内され、五年前と変わらない大理石の廊下を進んでいく。通されたのは三十畳以上はある広々としたリビングだ。

大きな窓からすぐに芝生の庭に出ることができて、外にはテーブルとソファが並んでいる。たくさんの日差しが降り注ぐ室内には、洗練されたデザインの家具が並んでいる。

そして部屋の中央にある大きなソファ席には彼のご両親と、見知らぬ中年の男女がいた。

思わず足を止めて遼生さんを見ると、彼も知らない人たちらしく困惑している。

そんな私たちを見て中年の男女は目に涙を浮かべた。

「やっとお会いできた……っ」

「どれほどこの日を待ち望んでいたか」

口々に言いながら急に泣き出したふたりに、私と遼生さんは困惑するばかり。

すると彼の父がふたりを紹介してくれた。

「ずっと遼生に会いたがっていたおふたりだ。……遼生が助けようとした女の子のご両親だよ」

「えっ？」

驚きの声を上げる遼生さんに、女の子のご両親は駆け寄ってきた。

「初めまして、佐々木《ささき》と申します。五年前は本当にありがとうございました」

お礼を言う佐々木さんに遼生さんは戸惑っている。

「いいえ、お礼を言われる資格はありません。……娘さんを助けられず、すみませんでした」

悔しそうに唇を噛みしめながら頭を下げた遼生さんに、佐々木さんの奥さんは手を左右に振った。

「とんでもありません。……碓氷さんがあの子を助けに入ってくれたおかげで、即死は免れたと医師に聞きました。おかげで私たちはあの子の手を握って見送ることができたんです」

「妻の言う通りです。事故の知らせを受け、病院に駆け付けた時はまだ息があって、最後にあの子の温もりを感じることができました。それなのに助けてくれた碓氷さんが記憶喪失となったと聞いた時は、どうお詫びしたらいいのかと心が張り裂けそうになりました」

それでも佐々木さんご夫妻は愛するお子さんを亡くしたんだ。そう思えるまでに時間がかかったはず。

ふたりの気持ちを考えると胸が張り裂けそうになる。

「それもお父様から碓氷さんが恋人の記憶を失ったと聞き、本当に申し訳なくて……。記憶が戻ったと連絡を受けた時はどんなに嬉しかったか」

「そのお相手がお嬢さんなんですよね？」

佐々木さんの奥さんにチラッと見て聞かれ、私と逢生さんは顔を見合わせた後、大きく頷いた。

「はい、そうです」

彼の返事を聞き、ふたりは安堵の笑みを浮かべた。

「記憶を失ってもそばについておられたんですね」

事実は違うけれど、喜ぶふたりには真実を話せそうにない。それに遠回りしたけれど、私たちがこれからもずっと一緒に生きていくことには変わりないのだから、話すことはないだろう。

逢生さんも同じ考えだったようで、「そうなんです。彼女にはとても感謝しています」と答えた。

それを聞き、佐々木さんは私と逵生さんを交互に見る。

「本当に娘を助けようとしてくださり、ありがとうございました。……残念ながら娘は亡くなってしまいましたが、どうかそのことを気に病むことなく、碓氷さんには娘の分まで幸せに生きてほしいことをどうしても伝えたくて、お父様に無理を言ってお時間をいただきました」

「娘もそれを天国で望んでいるはずです。どうかご家族で末永く健康に幸せに暮らしてください」

そう話すおふたりの目からは、涙が溢れ続けていて私まで泣きそうになる。

「ありがとうございます」

きっと優しい逵生さんのことだ、口には出していないけれど、助けられなかった女の子のことを気に病んでいたはず。

女の子のご両親に言われたことで、少しでも彼の気持ちが軽くなったならいいな。

三人のやり取りを彼の隣で見ていると、佐々木さんの奥さんが逵生さんの腕の中で眠る凛を愛おしそうに見つめた。

「可愛いお子さんですね。お名前はなんて言うんですか？」

佐々木さんの奥さんに聞かれ、「凛です」と答えると、なぜかふたりは顔を見合わせて驚いた。

そして再び凛を見つめ、さらに涙が溢れ出す。

「そうですか、凛ちゃん……。どう書くんですか？」

「あ、えっと凛としているの凛です」

「これもなにかの縁かもしれませんね。私たちの娘も漢字はちがいますが鈴《りん》だったんです」

「本当ですか？」

びっくりして遼生さんとふたりで聞き返してしまうと、佐々木さんご夫妻はふふっと笑みを零した。

本当にすごい偶然だ。遼生さんが助けられなかった女の子と凛が同じ名前だったなんて。

「はい、本当です。……どうか凛ちゃんがすくすくと元気に育つことを祈っています」

「お忙しい中、こうして感謝の気持ちを伝える時間を作ってくださり、ありがとうございました。もしよろしければ、いつでも我が家の鈴に会いに来てください」

「鈴の二歳になる妹もいるんです。よかったら凛ちゃんと仲良くしてくれたら嬉しいです」

佐々木さんご夫妻に言われ、私たちは「ぜひ今度伺います」と約束をした。その時は起きている凛ちゃんに会えるのを楽しみにしていると言って、佐々木さんご夫妻は帰っていった。

すると私たちのやり取りを見ていた彼の父がゆっくりと近づいてきた。

「助けられなかった命かもしれないが、お前が助けに入ったことによって、あのご両親は子供の死に目に会うことができたんだ。お前のやったことは決して無駄ではなかった」

「あぁ、今ならそう思えるよ」

そう話す遼生さんは、心のわだかまりが取れたようなすっきりした顔をしていた。

次に彼の父は私を見たものだから、一気に身体中に緊張がはしる。

「あ、あの……」

今さらながら挨拶をしていなかったことに気づき口を開いたものの、急に彼の父は深く頭を下げた。

「五年前、萌さんに非礼な振る舞いをしたにもかかわらず、こうして遼生と来てくれて本当にありがとう」

「そんなっ……！　顔を上げてください」

予想外の言動に戸惑いを隠せない。

「いや、謝らせてくれ。記憶を失った遼生のためを思ってとはいえ、萌さんに事情を説明せずに申し訳なかった。……五年前は、ふたりはこのまま別れた方がお互いのためだと思ったんだ。妻もやり方は間違っていたと思うが、遼生を想っての行動だったとわかってほしい」

彼の父がそう言うと、彼の母は気まずそうに目を泳がせながらゆっくりと私たちのもとに近づいてきた。

「私たちが生きる世界では、時には騙し騙され、ひどい裏切りに遭うこともある。少しでも遼生にそんな思いをしてほしくなくて勝手に婚約の話を進めていた。萌さんにも苦労するとわかっていて、遼生と一緒になってほしくなかったんだよ」

初めて彼の父の胸の内を聞き、頭ごなしに反対されていたのではないことを知り、胸が熱くなる。

「しかし、キミたちは運命の糸に導かれるように再び巡り合った。そして遼生に至っては、もう一度萌さんに恋をし、結婚したいと言う。これにはもう私たちも認めるしかない」

そう言って目を細めた彼の父はやはり親子だ、遼生さんの笑顔と重なる。

「それに今の遼生は、私が引退しても安心して会社を任せられるほど逞しく育った。お前も同じ気持ちだろう？」

彼の父に聞かれ、母は小さく息を吐く。

「えぇ、そうね」

そう言うと彼の母もまた、私に向かって深く頭を下げた。

「五年前といい、この前の病院でといい、萌さんには失礼な態度をとってしまいごめんなさい。あの時は自分の考えが正しいと信じて疑わなかったの。……でも、佐々木さんご夫妻の気持ちを知り、遼生から子供の存在を聞いて、私の思いは身勝手なものだったと気づいたわ」

彼の母は声を震わせながらも話を続ける。

「もちろんすぐに許してほしいとは言わないわ。ただ、謝罪と感謝の気持ちを伝えさせてほしくて、遼生に萌さんを連れてきてもらったの」

ゆっくりと顔を上げた彼の母は、遼生さんの腕の中で気持ちよさそうに眠る凛を見つめた。

「私たちがあんなことをしたにもかかわらず、遼生を好きでいてくれてありがとう。

いくら私が送ったとはいえ、あの子の携帯から別れのメッセージを送ったんですもの、遼生を恨んでもおかしくなかったはず。それなのに、ここまでひとりでこの子を育ててくれてありがとう。ひとりで子供を育てるのは大変だったでしょう？　本当にごめんなさいっ」

最後は声を震わせながら、彼の母の目からは涙が頬を伝った。

「今さらだと思われるかもしれないけれど、萌さんさえよければ私たちと家族になってほしいの」

「私からもお願いできないだろうか。……きっと遼生はこれからもっと後継者としてつらい立場に立たされることもあるだろう。その時はどうかそばで見守り、支えてやってほしい」

これは夢ではないだろうか。だって五年前はあんなに反対されていたのに受け入れてもらえるなんて——。

それほど信じられない現実に言葉が出ない。

すると遼生さんがそっと私の肩に優しく触れた。

「俺からも頼むよ。二度と父さんと母さんには萌を虐めないように厳しく言うから」

「おい、遼生。それはないだろう」

「そうよ、もう二度と萌さんを虐めたりしないわ」

口々に言う両親に対し、遼生さんは冗談交じりに「そうだな、でないと凛にママを虐めるふたりは嫌いって言われかねないぞ」なんて言う。

三人の軽快なやり取りを見て、これは夢じゃないのだと実感が湧く。それでも確信が欲しくて、私はご両親に問うた。

「本当に遼生さんの相手が私でもいいのでしょうか？」

ちゃんとおふたりの口から聞きたい。その思いで聞いた質問に、彼のご両親は笑顔で答えてくれた。

「萌さんでなければだめだわ」

「ぜひうちに嫁に来てほしい」

そう言われた瞬間、やっと信じることができてたまらず涙が溢れてしまった。

「ありがとう、ございますっ」

どうにか声を絞り出して言うと、遼生さんは優しく私の背中を摩《さす》ってくれた。

「これから萌さんは私たちの娘になるのだから、気軽に〝お義父さん〟〝お義母さん〟と呼んでね」

「はい、ありがとうございます」

やっと……やっと遼生さんとの結婚を認めてもらえたんだ。これからもずっと遼生さんと一緒にいられる。その事実に私はしばらくの間、涙が止まらなかった。

それから少しして和やかな笑い声に目を覚ました凛は、最初こそ彼のご両親を警戒したものの、祖父母だと説明されるとコロッと表情が変わり、すぐに「新しいじいじとばあばだ」と言って喜んだ。

遼生さんから凛の存在を聞かされたふたりは、これまで渡せなかった分と言って多くのおもちゃや服、本などを凛に用意してくれていた。

その量は十二畳の部屋が埋まるほどだった。中には室内専用の大型アスレチックまであり、凛は大喜び。

満面の笑みで「ありがとう」と言われたお義父さんとお義母さんは、明子さんの言っていた通りにすっかりメロメロになっていた。

さすがにいただいた物全部を持ち帰れず、また遊びに来た時用にほとんどをそのまま置かせてもらった。

夕食をともにして凛はすっかりとふたりに懐き、お義母さんの強い要望もあって今夜は泊まらせてもらうことになった。

「まさか会った初日に、凛がいきなり母さんと寝るって言い出すとは思わなかったな」

「本当ですね。でももらった絵本を読んでもらうんだって嬉しそうでしたよ」

「今頃きっと父さんと母さんで、どっちが凛に本を読み聞かせてやるかで揉めていると思うぞ」

夕食の席でも、凛がなにかを食べるだけで「可愛い」を連呼していたふたりなら、その様子が容易に想像できてしまう。凛がお義母さんと一緒に寝ると言うので、私は遼生さんの部屋に泊まることになった。

ふたりで寝るには充分すぎるキングサイズのベッドに横になり、どちらからともなく身を寄せ合う。

「今日は疲れただろう」

「はい、ずっと緊張しっぱなしでした」

来るまではどんな態度をとられるかと考えたら、不安で怖くてたまらなかった。

「父さんと母さんも、萌に許してもらえなかったらどうしようかと不安だったようだ」

「そうだったんですか？」

思わず顔を上げて聞くと、遼生さんは「あぁ」と頷き、続ける。

「いくらふたりが俺のためを思って萌との結婚に反対し、事故に遭った際も事実を告げずにいたとしても正直、まだ許せない気持ちがある。だからこそこれからは萌に優しくしてほしい、実の娘のように接してほしいと言ったんだ。まぁ、俺にお願いされなくてもふたりともそうしただろうけどな」

本当にお義父さんとお義母さんは心から謝罪してくれて、私を家族と認めてくれた。それだけで感謝しかないよ。

「だけど萌、母さんに気に入られたからこれから大変だぞ？　母さん、碓氷家の嫁として恥ずかしい思いをしないように、萌にたくさんのことを教えるって意気込んでいたから」

「頑張ります」

それに教養のない私にはありがたいお話だ。遼生さんの隣に立っても恥ずかしくない人間になるために、こっちから色々と教えてほしいくらい。

「それとうちの両親と萌のご両親とで、凛の取り合いにもなりそうだな」

「はい、それは私も思っていました」

お互いの両親は凛のことが大好きだし、これから大変そう。

「じゃあ、そうならないためにも、もうひとり子供を作ろうか」

「えっ？　キャッ⁉」

肩を押され、仰向けにさせられるとすぐに遼生さんが覆いかぶさってきた。

「約束しただろ？　続きはすべて片づいてからだって」

「言いましたけど……」

ここは彼の実家だ。さすがにまずいのでは？

ご両親と凛が眠る部屋からは離れているとわかってはいるが、つい廊下の方を気にしてしまう。

「そろそろ我慢の限界。萌に触れたくてたまらない。……萌は違う？」

艶っぽい声で聞かれ、心臓が飛び跳ねる。

髪を一束掬い、そっとキスを落とす。そして遼生さんは上目遣いで私を見た。

「最後まではしないから、少しだけ萌に触れさせて」

「……っ」

私が欲しくてたまらないみたいな目で言われたら、断ることなどできない。それに私だって彼に触れたい、触れてほしいと思っているから。

でも言葉にして伝えるのは恥ずかしくて、代わりに自分から触れるだけのキスをした。それを同意と受け取った彼は、私の唇を荒々しく奪う。すぐに口を割って舌が入ってきた。

舌を吸われたり、彼の舌と絡ませられたりされ、最初は緊張で身体に力が入っていたのに次第に抜けていく。

執拗に口内を攻め立てられて息は上がり、呼吸もままならずに苦しい。

「遼生……さ、ん」

苦しくて力が入らない手で彼の胸を叩くと、やっと唇が離れた。だけどすぐに遼生さんは私の首に顔を埋めた。

温かな舌が首筋を這い、ゾクリと身体が反応してしまう。そして彼の大きな手が服を捲って直に肌に触れ、背中に回ると少しだけ身体を起こされる。器用にブラジャーのホックを外すと、遼生さんは胸を揉みしだく。

「あっ、んん」

自分のものとは思えない声に、かあっと身体中が熱くなる。だけど私の声に触発されたように遼生さんは勢いよく服を私の鎖骨くらいまで捲り上げ、露わになった胸に顔を埋めた。

胸の頂を口に含み、舌先でコロコロと転がされ、久しぶりの感覚に翻弄されていく。

次第になにも考えられなくなり始めた頃、彼の手は私の一番敏感な場所に触れた。

下着越しでも濡れているのが自分でもわかり、クチュリと卑猥な音が耳に届いた。

「よかった、濡れてる」

私が感じていることに安堵する遼生さんだけれど、私は羞恥心でいっぱいでギュッと目を閉じた。

「やだ、恥ずかしいです」

「どうして？　こんなに感じてくれて俺は嬉しいのに。……もっと気持ちよくなって」

「えっ？　あっ……！　待って、遼生さんっ」

私が止めても彼は聞いてくれず、下着をずらして秘部に触れ、ゆっくりと指が入ってきた。そこからはもう声が止まらず、大きな声が出そうになるたびに遼生さんは私の口をキスで塞いだ。

行為を止めてくれたのは、私が三回達してからだった。

「もう、遼生さん。やりすぎです」

「ごめん。萌が可愛くて止まらなかった」

私の衣服を整えてくれると、遼生さんはリップ音を立てて額にキスを落とす。

そして「おいで」と呼ばれ、言われるがまま近づくと腕枕をしてくれた。それだけで幸せな気持ちで満たされる。

「本当はこのまま萌のことを抱きたいけど、可愛い声を聞きたいし、思いっきり乱れた萌も見たいから我慢するよ。でも次は絶対に止められないから覚悟して」

「……はい」

それは私も同じだ。ここまでされて次は止めてほしくない。

「さっきの話の続きだけどさ、本当にもうひとり子供を作りたいって考えているんだ。もちろん今すぐにじゃなくてもいい。結婚式を挙げて新生活が落ち着いたら、凛に兄弟を作ってあげよう」

「そうですね、きっと凛はお姉ちゃんぶるでしょうね」

「そこがまた可愛いって両親たちが騒ぎそうだ」

その場面を想像しただけで笑ってしまう。

「遠回りした分、これからふたりで幸せになろう」

「……はい！」

でもね、遼生さん。たしかに私たちは遠回りしたけれど、決して意味のないものではなかったと思うの。

遼生さんは遠回りしたからこそご両親の愛情に触れることができ、せっかく一度は碓氷不動産の後継者になると決心したのに、駆け落ちによってそれを諦めることにもならなかった。

私も北海道へ向かい、明子さんと文博さん、和泉君をはじめ多くの人との素敵な出会いがあり、夢だった翻訳家になることもできた。

そして両親とも前よりも仲が深まり、愛おしい凛と幸せな日々を過ごすことができたのだから。でもこれからは三人で幸せな日々を過ごしていきたい。

何度も甘い口づけを交わしながら、強く願った。

一年後――。

五歳となった凛にリングガールを務めてもらい、私たちは両親や親族、親しい友人たちに見守られ、神様の前で永遠の愛を誓った。

新しい生活をはじめ、幸せな日々の中で新たな命を授かるのは、もう少し先の話――。

END

特別書き下ろし番外編

ハッピーエンドのその先へ

遼生さんと凛と三人でささやかだけれど、幸せな結婚式を挙げてから早一年が経とうとしていた。

「うん、いい感じにできた」

味噌汁の味に満足し、次に目玉焼きを作っていく。

広々としたカウンターキッチンは、私の要望がすべて詰め込まれていた。冷蔵庫の位置からキッチンの高さまですべてオーダーメイドだ。

結婚が決まってからすぐにお義父さんの古くからの知り合いの建築士によって、様々な設計図を作ってもらった。

何度も相談に通い詰めてやっと完成した新築一軒家。碓氷不動産の本社からほど近く、周辺には商業施設や公園、学校などすべてが整っている。子育てするにも最高の環境だった。

半年前に完成した二階建ての我が家は、遼生さんの実家のように芝生が張られた広々とした庭がある。そこには凛のリクエストでブランコが作られ、飼い始めた愛犬、トイプードルのモコと一緒に毎日駆け回っている。

一階はリビングと浴室、トイレのみの贅沢な造り。私が家事しやすいように玄関からドア一枚でキッチンに繋がっていたり、キッチンからアイロンがけもできる洗濯室に移動できたりするように設計してもらった。

おかげで翻訳の仕事をしながらも、家事と両立することができていた。

凜の幼稚園に持たせるお弁当を詰め終え、今度は遼生さんのお弁当に取りかかる。

今日のおかずはアスパラのベーコン巻きに玉子焼き、鮭の塩焼きにブロッコリーなどの温野菜だ。

お弁当を作り終えて朝食の準備を進めていると、先にモコが起きたようで一緒に寝ている二階の凜の部屋から下りてきた。

「わんっ！」

「おはよう、モコ。お腹が空いたのかな？」

さっそくモコのご飯を盛って出すと、勢いよく食べ始めた。

モコの食べている様子を見ながら目玉焼きやパンをテーブルに並べる。最後に遼生さんが毎朝欠かさずに飲む珈琲を淹れ始めた頃、階段を下りる足音が聞こえてきた。

「おはよう、萌」

「ママおはよう」

まだ眠そうなふたりは、目を擦りながらリビングに入ってきた。

朝食の準備をしている間、凛を起こして着替えをさせるのは遼生さんだ。一緒に暮らす上で、最初に申し出てくれた。

他にも仕事で遅くならない限り凛のお風呂と寝かしつけ、それにお風呂掃除やトイレ掃除、ゴミ出しまで担ってくれている。

「おはよう」

凛は成長するにつれて、ますます遼生さんに似てきている。とくに目元がそっくりで、どこに出かけてもパパ似って言われていた。

女の子は男親に似るっていうけれど、言われるたびにちょっぴり寂しくなるんだよね。凛は私の子供でもあるのだから。

それをこの前遼生さんに話したら大笑いされちゃったけど。

「ママー、今日はパパのじいじ、ばあばのところにお泊まりだよね？」

「うん、幼稚園にはばあばが迎えに来てくれるからね」

「わー楽しみ～」

実は今日は、遼生さんと私の結婚記念日。お義母さんが「せっかくの記念日なんだから、ふたりでゆっくりお祝いしなさい」と言ってくれて、豪華なホテルのディナーをプレゼントしてくれたのだ。

「お泊まりセットはばあばに預けてあるからね」

「はーい！」

凛がお互いの実家に泊まるのは、今回が初めてではない。定期的に両方の実家に泊まっている。

そのたびに甘やかされているようで、凛は楽しみで仕方がないみたい。

「それじゃ萌、十九時にホテルのロビーの前で待ち合わせな」

「はい。今日もお仕事頑張ってきてください」

「あぁ、ありがとう」

玄関先で凛の前だけれど、私たちは口づけを交わす。これも結婚生活を始めるうえで決めたルールのひとつ。

この先、きっと意見が合わなくて喧嘩することもあるだろう。でも凛がいる以上、どんな喧嘩をしたって必ず朝にはキスを交わそうと約束をしたのだ。

最初は寝起きでしていたのが、いつの間にか玄関で見送る時になり、今では凛もすっかり見慣れた光景でなにも言わなくなった。

「じゃあ凛、行くぞ」

「うん！　ママ、いってきまーす！」

「いってらっしゃい」

モコと一緒にふたりを見送り、私はさっそく家事に取りかかった。

翻訳の仕事が忙しい時は家政婦を雇っているものの、それ以外はできるだけ自分で家事をやるようにしている。

その姿を凛に見せたかったし、凛にもお手伝いをさせたかった。

現に凛は、食事の用意や休日は掃除のお手伝いを進んでやってくれている。

洗濯物を干し終わったところで、荷物が届いた。送り主は明子さんたちだ。今日が私と遼生さんの結婚記念日だと覚えてくれていたようで、文博さん特製の焼き菓子が大量に送られてきた。

「嬉しいけど、食べきれるかな」

お義父さんとお義母さん、実家用にもべつに用意してくれているし、食べきれなさそうだったら凛のお友達のママにおすそ分けすればいいかな？

保育園とは違い、幼稚園では母親同士に付き合いがあった。最初は輪に入れるか心配だったけれど、凛が仲良くなった子の母親たちと顔見知りになり、今では情報交換をしたり、お茶したりする仲にまでなった。

家事を終え、軽く昼食をとって翻訳の仕事に取りかかる。

本当は結婚したのを機に、翻訳の仕事を辞めようと思っていた。でも遼生さんが「せっかく念願の翻訳家になれたのだから、続けたらいい。できる限り俺も協力する」と言ってくれたのだ。

おかげで私は充実した幸せな日々を過ごすことができている。

夢中で仕事をしていたら、十六時になろうとしていた。せっかくの結婚記念日なので、美容室を予約していたことを思い出し、慌てて洗濯物を取り込んで家を出た。

約束の十九時より二十分前に到着し、ロビーのソファに腰かけた。しかし自分の姿が気になって窓に映る姿を何度も確認してしまう。

ヘアセットだけではなく、メイクもやってもらったからちょっと別人のよう。遼生さんは気づいてくれるだろうか。

そわそわしながら待つこと十分。遼生さんがやって来た。

「悪い、萌。待たせた？」

「いいえ、私もついさっき着いたばかりです。お仕事、お疲れ様でした」

ソファから立ち上がって駆け寄ってきた彼に歩み寄る。すると遼生さんはジッと私を見つめ、顔を綻ばせた。

「いつも綺麗だけど、今日の萌はすごく綺麗だ。俺がプレゼントしたドレスも似合ってるよ」

「……ありがとうございます」

すぐに気づき、褒めてくれたことが嬉しくて頬が緩む。

「どうぞ、萌」

そう言って遼生さんは腕に掴まるように肘を腰に当てた。

「お願いします」

腕を組み、寄り添って向かう先は最上階にあるイタリアンレストラン。

お義母さんは個室を予約してくれていて、ふたりっきりの空間で美味しいコース料理を堪能することができた。

「デザートも楽しみですね」

「あぁ」

コース料理は意外とボリュームがあってちょっぴりお腹が苦しいけれど、デザートは別腹だ。

なにが出されるのか楽しみに待っていると、急に個室の電気が落とされた。

「えっ？　なに？」

びっくりして声を上げた瞬間、ドアが開きウエイターが花火が光るケーキと花束をカートにのせて入ってきた。

「碓氷さま、ご結婚記念日おめでとうございます」

「えっ？　えっ？」

状況が飲み込めずにいる中、遼生さんは立ち上がってカートの上にあった花束を手に取り、私に差し出した。

「萌、こんな俺と結婚してくれて本当にありがとう。これからもよろしく」

「遼生さん……」

こんなサプライズ、泣かないほうが無理だ。

「ありがとうございます。私のほうこそこれからもよろしくお願いします」

笑顔で答えて彼から花束を受け取った。

ウエイターがそれぞれのテーブルにケーキと珈琲を並べて去っていっても、私はバラとカスミソウの香りにうっとりしていた。それにしてもピンクのバラなんて珍しい。

「その花束、実は駆け落ちをしようとした日に、待ち合わせ場所に向かう途中で買ったものと同じなんだ。……カスミソウとピンクのバラの花言葉は〝幸福〟。昔も今も、萌を幸せにしたいって気持ちはずっと変わらないから」

そんなことを言われたら、せっかく止まった涙がまた溢れそう。

「私は遼生さんと一緒にいられるだけで幸せですよ？」

「それはもちろん俺もだ。……もっともっと幸せにしたいんだよ」

これ以上の幸せなんてあるのだろうか。それくらい私は今、人生で一番幸福な時間を過ごせている。

最後のケーキまで美味しくいただき、自宅に帰ると思っていたんだけれど……。

「うわぁ、すごいお部屋ですね」

「母さんが一番いい部屋を取ったって言っていたからな」

なんとお義母さんがスイートルームまで予約してくれていたのだ。ベッドルームがふたつに、室内と外にお風呂があり、キッチンまで完備されていた。

大きな窓から見える夜景を眺めていると、シャンパンとグラスをふたつ手にした遼生さんがキッチンから出てきた。

「せっかくだからもう一回乾杯しよう」

「はい」

シャンパンが注がれたグラスを手に、夜景をバックに私たちは乾杯をした。

「美味しい」

「母さん、どれだけ金を使ったんだろうな」

「本当ですね。あとでちゃんとお礼を言っておきます」

この一年、本当にお義母さんにはよくしてもらっている。礼儀作法やマナーなどを叩きこんでくれて、料理や着付けなどの教室にも付き合ってくれた。

これまでのことが嘘のように仲良くさせてもらっている。

「今頃は凛、なにをしているだろうな」

「そうですね、この時間だけど興奮して眠れずに起きている気がします」

「俺もそう思う」

きっとお義父さんとお義母さんと一緒に楽しい時間を過ごしているに違いない。

シャンパンを飲み干し、せっかくだからもう一杯飲もうと思ったけれど、遼生さんに「だめ」と言われてグラスを取られてしまった。

そして自分の分のグラスもテーブルに置くと、腕を引かれて引き寄せられた。

「遼生さん……？」

「今夜は凛がいないんだ。久しぶりに萌のことをたくさん愛したい」

「……っ」

ストレートな言葉に、一気に身体中が熱くなる。そうこうしている間に遼生さんは背中のファスナーに手をかけた。

「えっ？　あっ」

一気に下ろされ、ドレスが地面にストンと落ちた。

「やっぱりこのドレスにして正解。すごく脱がせやすい」

「……遼生さんっ？」

ジロリと睨むものの、彼は笑うばかり。

「このまま夜景に溶け込む萌を愛するのもいいけど、やっぱりベッドの上でたっぷり可愛がりたいな」

恥ずかしい言葉を言いながら遼生さんは私を抱き上げた。そしてそのままベッドルームへ向かい、大きなベッドに優しく私を下ろす。

ジャケットを脱ぎ、ネクタイを緩めながら私に覆い被さってきた彼は妖艶で、男の人なのに美しい。

だから何度抱かれたって初めての時のように恥ずかしくて、緊張してしまうのだろうか。

「好きだよ、萌」

キスをする前に遼生さんは必ず愛の言葉を囁く。

「私も大好きです」

そのたびに私は彼の首に腕を回して、自ら引き寄せるんだ。

この日の夜は執拗に攻め立てられて、何度達したか覚えていないほど愛され尽くした。もちろんこんなことは初めてではないけれど。

愛の言葉を囁かれながら抱かれ、プレゼントされた花束の花言葉のように身も心も幸福に包まれたのだった。


それから二年後——。

「ああー！　ママ大変！　優平君《ゆうへい》がうんちしてるよー」

「嘘、本当？　凛、悪いんだけど二階からおむつ持ってきてくれる？」

「はーい！」

急いでベビーベッドで眠る、来月で一歳になる優平のおむつ交換に取りかかる。

結婚記念日に授かったのは元気な男の子だった。優しく穏やかな子に育ってほしいという願いを込めて優平と名づけた。

優平の出産には凛と遼生さんも立ち会い、遼生さんに至っては生まれてからしばらくはずっと涙が止まらなかったほど感動していた。

凛はすっかりお姉さんになり、進んで優平の面倒を見てくれている。きっと優平が歩き出したら、ふたりで駆け回る日々になるだろう。

「優平君、すっきりしてよかったね」

おむつ交換を終えた優平の頭を凛が撫でると、優平は嬉しそうに笑う。

「ママ、優平君笑ってる」

「お姉ちゃんに褒められたから嬉しいんだよ」

すると凛は「凛、立派なお姉ちゃんだからね」なんて言うから笑ってしまった。

急に玄関でモコの鳴き声が聞こえたと思ったら、遼生さんが帰ってきたようで玄関のドアが開く音がした。

「パパだー!」

一目散に玄関に駆けて行った凛の後を、優平を抱っこして追いかける。

「ただいま、凛」

「おかえりなさい」

勢いよく飛び込んできた凛を抱き留めると、そのまま遼生さんは凛を高い高いした。

「学校は楽しかったか？」

「うん！　あ、そうだパパ！　今度の日曜日にねー、凛、大貴《だいき》君とデートするんだぁ」

「大貴君？　デート!?」

初めて聞く言葉を大きな声で繰り返し、ショックを受けた顔で私を見た。

「萌、どういうことだ？　大貴君って男はちゃんとしたやつなのか？」

八歳の子同士の可愛い恋愛だというのに、本気で心配する遼生さん。

「パパ、大貴君に失礼でしょ？　大貴君はねぇ、凛の彼氏なの」

「彼氏？　彼氏って凛はまだ八歳じゃないか」

「もう結婚の約束もしているのー」

両手を頬に当てて照れながら言う凛とは違い、遼生さんは顔面蒼白。

彼には申し訳ないが、本気で落ち込む姿が可笑しくて声を上げて笑ってしまった。

こんなにも幸せな日々を過ごせているのは、きっと彼が私の運命の人だからに違いない。それはこの先もずっと続くはず……。

END

サプライズ大作戦　遼生SIDE

色々あった俺の人生は、萌と結婚したことであとは幸せな未来しかないだろうと信じて疑わなかった。それなのに、どうしたものだろうか。

十一歳になった愛娘の凛は街を歩けば、よく芸能事務所にスカウトされるほど愛らしく成長した。そしてすっかりとおませな子供になった。

幼稚園時代から男の子にモテていたようで、初めて凛に彼氏の存在を聞かされたのは忘れもしない八歳の時だ。

いきなり大貴君という男とデートをすると言い出した。

その大貴君とは、一度デートしただけで破局を迎えたようでホッと胸を撫で下ろしたのも束の間、すぐに新たな彼氏ができた。

日曜日の今日もまた十人目の彼氏の愛斗《まなと》君とうちで家デートというものをしている。

「なぁ、萌。凛と愛斗君の距離、近くないか？」

キッチンで昼食作りをする萌を手伝いながらも、視線はついリビングで一緒にテレビゲームで遊ぶ凛と愛斗君を追ってしまう。

「そうでしょうか？　ゲームをやっているし、普通じゃないんですか？」

萌は気にならないようで、唐揚げを揚げ始めた。

「それに隣には優平もいるじゃないですか」

「それはそうだけど……やっぱり気になる」

よく娘を持つ友人から、まだ赤ちゃんにもかかわらず将来、この子に彼氏を紹介された日を想像しただけで泣けると聞いたことがあった。

その時はオーバーだと笑っていたが、今は笑えない立場にいる。友人の言う通り、凛に彼氏ができたと聞くたびにつらい。

そんな俺にさらに追い打ちをかけるように、四歳になる愛息子の優平との間にも深刻な悩みを抱えていた。

「ママー、お腹空いた」

「待っててね、もう少しでご飯できるから」

しかしキッチンに入ってきた優平は、揚げ物をする萌の足にしがみつく。

「こら、優平危ないだろ？　パパと向こうに行こう」

抱っこしようとしたが、優平は「パパなんて嫌い」と言ってさらに強い力で萌の足にしがみついた。

「優平、パパの言う通りここは危ないからだめよ」

「じゃあママ、一緒に行こう。お料理はパパがやればいいよ」

そう言って優平は俺をジロリと睨む。

凛のことだけでも傷ついているというのに、ここ最近になって優平に嫌われている。理由は優平が萌のことを好きすぎるからだ。

俺にママを取られたと思っているようで、ライバル視されているから困りもの。

「いいよ、萌。俺が揚げておくから優平と洗濯物を取り込んできたらどうだ？　今日は暑いしもう乾いているだろう」

「すみません、じゃあお願いします。行こう、優平」

萌が手を差し伸べると、優平は嬉しそうにその手を取った。

そしてキッチンから出ていく間際、優平はチラッと振り返ったかと思えば、俺に向かって〝あっかんベー〟をした。

これは相当嫌われているようだ。

ため息を零しながら唐揚げを揚げていく。

息子ができたら、キャッチボールやサッカーなどスポーツをするのが夢だったのに、それはしばらく叶えられそうにない。

どうにかして優平と仲良くなれる方法がないだろうか。

悩みに悩んだ結果、萌に相談してみるとある打開策が出された。

「優平、こっちにおいで」

「やだ」

土曜日の九時過ぎ。朝から萌は凛と、凛の友達親子と一緒に動物園へと向かった。

優平も連れていこうと考えていたようだが、俺の話を聞いてせっかくの機会だからふたりで一日過ごしてみたらどうかと言われたのだ。

しかし萌たちが出ていって三十分が経つというのに、優平は玄関から一歩も動こうとしない。

「そこから一日動かないつもりか？」

「ママとねーねが帰ってくるまでここにいる」

誰に似たのか優平はすごく頑固な一面がある。

「じゃあ優平はママへのサプライズ大作戦には参加しなくていいんだな？　絶対にママ、喜ぶのにな」

わざとリビングから大きな声で言うと、優平は反応して振り返った。

「ママ、喜ぶの？」

「あぁ。きっと〝優平大好き〟って言ってくれると思うぞ。どうだ？　パパと一緒にやらないか？」

話を持ちかけると優平は少し迷った後、勢いよく立ち上がった。そしてリビングに来ると、萌にそっくりな二重の大きな目を俺に向けた。

「ママと結婚したパパのことは嫌いだけど、ママを喜ばせたいからやってあげる」

上から目線に目を瞬かせてしまうも、これは仲良くなる大きなチャンスだ。必死に笑顔を取り繕った。

「それはありがとう。じゃあさっそく取りかかるぞ」

「うん！」

優平と仲良くなるために考えたプランは、ふたりでケーキ作りをして一気に距離を縮めるというもの。

以前に萌と凛の三人でクッキー作りをしたことがあるし、ケーキくらい作れるだろうと思っていたのだが、実際に作り始めるとてんやわんや状態。

「パパ、これでいいの？」

携帯で作り方を見ている間に優平が、分量より多くの牛乳を生地に入れてしまった。

「ありがとう、優平。だけど残念なことにまた作り直しだ」

「えぇー、またぁ？」

「そうだ、まただ」

　これで三度目。多めに材料は用意したが足りるだろうか。

　心配しながら計量器で薄力粉の重さを量っていると、急に優平が大きなくしゃみをした。その瞬間、ボウルに入っていた薄力粉が一気に舞う。

「うわっ」

「わーっ！」

　ふたりで叫びながら手で粉を払っていると、次第に見えてきた優平の顔は真っ白になっていた。

「アハハッ！　なんだ、優平その顔は」

　しかし笑いだしたのは優平も同じ。

「パパこそ変な顔してるよ」

「えっ？」

　急いで優平を抱っこして洗面所に駆け込み鏡でチェックすれば、見事にふたりとも顔が真っ白だった。

それを見てお互い笑ったのは言うまでもない。

それがきっかけとなり、優平は萌と一緒にいる時のように楽しそうに俺とシフォンケーキ作りをしてくれた。

どうにか五回目にして完成したシフォンケーキはなかなかの出来。最後に生クリームも手作りして完成した頃には、萌と凛が帰ってくる時間になっていた。

「ただいまー。え、ママー！　キッチンが大変なことになってる！」

片づける間もなく帰ってきてしまったため、悲惨なことになっているキッチンと粉まみれの俺と優平をふたりに見られてしまった。

最初は呆気にとられていたふたりだけれど、俺と優平がシフォンケーキを作ったと話すと喜んでくれて、何度も美味しいと言って食べてくれた。

もちろん食べ終わった後は萌に優平とふたりで片づけをするように命じられてしまったが。

「パパ、今日はだいせいこーだったね」

「そうだな。ママ喜んでいたし」

「うん！」

片づけを終えて、久しぶりに優平と一緒にお風呂に入り汚れを落とした。湯船に浸かれば、自然と話は萌のことになる。

「ママってすごく可愛いよね」

「あぁ、萌は世界一可愛いと思う」

「パパも？」

「もちろん。だからパパはママと結婚したんだよ」

きっと優平よりも萌のことを愛している自信がある。なんて子供じみたことは言わないけど。

するとと優平は急に指を絡ませてモジモジし始めた。

「ぼくね、ママのことが世界で一番好きなんだ。でもね、パパのことも好きだからね」

「ふふ、そっか。じゃあパパはもっと努力して優平に宇宙で一番好きって言ってもらおう」

「えぇー。絶対にぼくそんなこと言わないよ？」

「そんなこと、やってみないとわからないだろ？」

そう言って湯船の中で抱きしめれば、「きゃーやめてよ」と言いながらも優平は嬉しそう。

萌と結婚してふたりの宝物を授かり、きっとこれからも落ち込んだり悲しくなったりすることもある分、嬉しいことや楽しいこともあるだろう。

そんな日々もすべてが俺にとっては幸福な日々に違いない。

END

あとがき

　このたびは『愛が溢れた御曹司は、再会したママと娘を一生かけて幸せにする』をお手に取ってくださり、ありがとうございました。

　今作のテーマは〝記憶〟と〝運命〟でした。遼生と萌の出会いから別れ、再会から再び想いが重なるまでに多くのことがありました。

　ひとつひとつのエピソードを書きながら、私自身胸が苦しくなったり、凛ちゃんの愛らしさにほっこりしたりと、とにかく最後まで楽しく書けた作品となりました。

　ただ執筆中は色々なことがありました。今は人員補充されましたが、職場が人員不足の中でコロナが流行し、毎日激務でした。

　さらに不注意で右手親指の靭帯を損傷するという怪我を負ってしまい、仕事はもちろん、執筆も思うようにできなくなってしまい、今作でもまた担当様には、大変ご迷惑をおかけしてしまいました……。

　そんな経緯があるため、こうして無事に皆様にお届けできて心から安堵しています。最後までお楽しみいただけたら幸せです。

出版にあたり、今作から担当いただいた前田様をはじめ、多くの方に大変なご迷惑をおかけしました……。いつもギリギリのスケジュールになってしまい、申し訳ございません。最後まで尽力くださり、本当にありがとうございました。

カバーイラストを描いてくださった森原八鹿先生。ラフの時点から凛ちゃんが可愛くて、何度も眺めてしまいました。遼生と萌も素敵に描いてくださり、ありがとうございました。

そしてなにより、いつも応援いただいている読者の皆様。今作も手に取って読んでくださり、本当に本当に！　ありがとうございました。

相変わらず仕事に追われる日々ですが、読んでいただけたり、感想などをいただけることが、執筆のなによりの活力になっています。

これからも少しでも読者様の心に残るような作品を書いていくことが私の夢であり、目標です。

またこのような素敵な機会を通して、皆様とお会いできることを願って……。

田崎《たさき》くるみ

田崎くるみ先生への
ファンレターのあて先

〒104-0031
東京都中央区京橋1-3-1
八重洲口大栄ビル7F
スターツ出版株式会社　書籍編集部　気付

田崎くるみ先生

本書へのご意見をお聞かせください

お買い上げいただき、ありがとうございます。
今後の編集の参考にさせていただきますので、
アンケートにお答えいただければ幸いです。

下記URLまたはQRコードから
アンケートページへお入りください。
https://www.berrys-cafe.jp/static/etc/bb

愛が溢れた御曹司は、再会したママと娘を一生かけて幸せにする

2023年5月10日　初版第1刷発行

著　者　田崎くるみ
©Kurumi Tasaki 2023

発行人　菊地修一

デザイン　カバー　ナルティス
フォーマット　hive & co.,ltd.

校　正　株式会社鷗来堂

編　集　前田莉美　神能希望

発行所　スターツ出版株式会社
〒104-0031
東京都中央区京橋1-3-1　八重洲口大栄ビル7F
TEL　出版マーケティンググループ　03-6202-0386
（ご注文等に関するお問い合わせ）
URL　https://starts-pub.jp/

印刷所　大日本印刷株式会社

Printed in Japan

乱丁・落丁などの不良品はお取替えいたします。
上記出版マーケティンググループまでお問い合わせください。
定価はカバーに記載されています。

ISBN 978-4-8137-1430-9　C0193

ベリーズ文庫 2023年5月発売

『冷血御曹司に痺れるほど甘く抱かれる執愛婚【財閥御曹司シリーズ西園寺家編】』 玉紀直《たまきなお》・著

倒産寸前の企業の社長令嬢・澪は、ある日トラブルに巻き込まれそうになっていたところを、西園寺財閥の御曹司・魁成に助けられる。事情を知った彼は、澪に契約結婚を提案。家族を救うために愛のない結婚を決めた澪だが、強引ながらも甘い魁成の態度に心を乱されていき…。【財閥御曹司シリーズ】第二弾！

ISBN 978-4-8137-1426-2／定価715円（本体650円＋税10%）

『クールな救急医は囲い娶ったかりそめ妻に滾る溺愛を刻む【ドクター兄弟シリーズ】』 佐倉伊織《さくらいおり》・著

車に轢かれそうになっていた子どもを助け大ケガを負った和奏は、偶然その場に居合わせた救急医・皓河に助けられる。退院後、ひょんなことから和奏がストーカー被害に遭っていることを知った皓河は彼女を自宅に連れ帰り、契約結婚を提案してきて…!? 佐倉伊織による2カ月連続刊行シリーズ第一弾！

ISBN 978-4-8137-1427-9／定価726円（本体660円＋税10%）

『魅惑な副操縦士の固執求愛に抗えない』 水守恵蓮《みずもりえれん》・著

航空整備士をしている芽唯は仕事一筋で恋から遠ざかっていた。ある日友人に騙されていった合コンでどこかミステリアスなパイロット・愁生と出会い、酔った勢いでホテルへ…！さらに、芽唯の弱みを握った彼は「条件がある。俺の女になれ」と爆弾発言。以降、なぜか構ってくる彼に芽唯は翻弄されていき…。

ISBN 978-4-8137-1428-6／定価748円（本体680円＋税10%）

『エリート国際弁護士に愛されてますが、身ごもるわけにはいきません』 蓮美《はすみ》ちま・著

弁護士事務所を営む父から、エリート国際弁護士・大和との結婚を提案された瑠衣。自分との結婚など彼は断るだろうと思うも、大和は即日プロポーズ！ 交際0日で跡継ぎ目的の結婚が決まり…!? 迎えた初夜、大和は愛しいものを扱うように瑠衣を甘く抱き尽くす。彼の予想外の溺愛に身も心も溶かされて…。

ISBN 978-4-8137-1429-3／定価726円（本体660円＋税10%）

『愛が溢れた御曹司は、再会したママと娘を一生かけて幸せにする』 田崎《たさき》くるみ・著

平凡女子の萌は、大企業の御曹司・遼生と結婚を前提に交際中。互いの親に猛反対されるも、認めてもらうため奮闘していた。しかし突然彼から一方的に別れを告げられ、その矢先に妊娠が発覚！ 5年後、萌の前に遼生が現れて…!? 実はある理由で引き裂かれていたふたり。彼の底なしの愛に萌は包まれていき…。

ISBN 978-4-8137-1430-9／定価726円（本体660円＋税10%）